晚婚

辽京 著

中信出版集团 | 北京

图书在版编目（CIP）数据

晚婚 / 辽京著. -- 北京 : 中信出版社, 2021.1 (2022.1重印)
ISBN 978-7-5217-2535-3

Ⅰ. ①晚… Ⅱ. ①辽… Ⅲ. ①长篇小说—中国—当代
Ⅳ. ①I247.5

中国版本图书馆CIP数据核字(2020)第240411号

晚婚

著　　者：辽京
出版发行：中信出版集团股份有限公司
（北京市朝阳区惠新东街甲4号富盛大厦2座　邮编　100029）
承 印 者：北京诚信伟业印刷有限公司

开　　本：787mm×1092mm　1/32　　印　　张：6　　字　　数：135千字
版　　次：2021年1月第1版　　印　　次：2022年1月第2次印刷
书　　号：ISBN 978-7-5217-2535-3
定　　价：49.80元

当一个人放弃追问，衰老这就开始了。

1

结婚之后，黄婉丝回顾从前，觉得那一晚的纠结不过是自寻烦恼。婚前再怎么千回百转地谈恋爱，怀疑、争执、吵闹、和好，婚后的生活也会陷入日复一日的窠臼。当然她没什么可挑剔的，杨浩是个非常理想的男人，种种优点如果一一罗列出来，这个故事的开头就显得太冗长了。简单说，他们相遇、交往，婉丝被他吸引住了，恋爱、结婚，虽然有过一些波折，但没有遭受过特别重大的考验——没有经济矛盾，没有人出轨。

一切都顺顺当当的。在去帕劳度蜜月的航班上，婉丝很兴奋地对着舷窗外的晚霞拍照，刚到酒店，就迫不及待地找到一家潜店约向导，第二天去潜水。那天杨浩有点感冒，不想下水，就独自留在酒店里等她。

婉丝去了一整天，回来时已是傍晚，她走进卫生间去冲热水澡，杨浩躺在沙发上刷手机，查看附近的餐厅点评，看评论，直到婉丝裹着浴巾出来，将她穿的那套明黄色的比基尼拿到阳台上晾着，头发湿着搭在裸露的肩头。

他问晚上想吃什么，婉丝说你定吧，听起来兴致不高，杨浩以为她累了，就提议留在酒店吃，节省体力，今天可是蜜月的第一天，要完美地度过。婉丝笑着同意了，晚餐桌上有龙虾和摇曳的烛光，酒杯碰出轻微的脆响，海风从门廊的立柱中间穿过，带来清爽的凉意。杨浩说一会儿吃完饭，我们去海边看星星，北京都没有星星。

婉丝说："好啊。"

新婚夫妻轻声细语。盘子端上来，又撤下去，服务生赤脚踩在沙地上，走路悄无声息，每个人都穿着质料轻薄的白色制服，在一簇簇烛火里，像飘动的影子。影子安静地滑过来，送来两份甜点，婉丝说："巧克力蛋糕，凌青最喜欢这个。"

杨浩没有回答，舀起一勺吃着，在这样的时刻，提到过世的朋友，气氛一下子肃穆起来。婉丝把蛋糕上装饰的樱桃放在嘴里，她喜欢樱桃，然后烛光一闪，杨浩探身过来，她盘子里又多了两颗樱桃。

"都给你吧。"他说，用一种哄小孩似的语气，把不得不谈论凌青的沉重话题翻过去了。

凌青是婉丝的朋友，两人感情深厚，本来她要做婉丝的伴娘，却在婚礼的前夕潜水失踪，这是去年的事了，因为这件事以及后来引发的种种变动，这场婚礼推迟了一年才举行。出事的地点，就在婉丝今天下午潜水的海域，凌青的尸体始终没找到，因此，她的家人还抱着一丝绝无可能的希望。

"北京有一家店，巧克力蛋糕做得特别好，下次我们一起去。"婉丝说，把后半句话吞了回去——我和凌青去吃过，那天见面，是为了商量婚礼的事，她说她要自己挑伴娘礼服。

杨浩把一整盘蛋糕吃得干干净净，婉丝第一次见他这么爱吃甜点。

在桌子下面，两个人的脚尖还在时不时地相碰，他们都穿着轻便的人字拖，婉丝用脚堆起沙子，将杨浩的一只脚埋了进去。这里的海水清透，沙粒幼细，日光如笑容一般灿烂，是新人的甜笑，他们忙着幸福，忙着美好，想不到有人曾经丧命于此。

只有婉丝知道自己一刻也没有忘。

星光满天，杨浩用手机查出一幅星图，两个人一边对照着，一边仰头去看，不然星座都不认识。他们找到很多著名的星座，这个，那个，不对，我看不清，好吧，你说对了，那个是大熊星座吗？是的，这么多星星，真美啊。“我在北京十多年了，从没见过晚上有这么多星星。”婉丝说。

“回去吧。”杨浩轻声说，把手放在她露出来的背上，连衣裙的背后向下凹出一个深深的U形。

他们手牵手回到房间，把粘了沙子的拖鞋放在门口，风吹树叶发出沙沙的响声，好像有人或者小动物正在拨弄着浓密的树丛。房间门外是一条长而直的游廊，栏杆外便是生长茂盛的热带植物，向里面探头探脑的，仿佛没有这道栏杆的隔离，这些枝叶就会着了魔似的疯长，一直蔓延到房门前面，覆盖住那一对红黄两色的情侣拖鞋，让他们第二天早上打开房门时，满脸困惑。

此刻的杨浩也有些困惑。在做爱这件事上，他知道自己没什么新意，也就一如既往，可是婉丝的反应却不太寻常，从进房间的那一刻起，她就有意无意地推拒——不是言语上的，她什么也没说；也不是表情上的，她甚至还在笑着，当杨浩吻到她乳房的时候，她吃痒笑了起来。她的身体很容易展开，像一幅画似的，皮肤白皙，身段略微丰满，一半头发拢在胸前，是古典的油画。在遇到他以前，她的生活顶多是一张潦草的铅稿速写，是杨浩给她涂满了色彩和阴影，使她从苍白单调变得丰富而立体，把她带进一段美满生活。

她不应该这样对他。

婉丝打开身体，同时闭上眼睛，感受着他身体的动作。他问她喜欢哪样，她说都喜欢，听起来像是敷衍，其实是真的。对她来讲，做爱这件事，开头结尾都一样，所以她有的是耐心，耐心难道不是最好的配合吗？有时候或许如此，但是今晚杨浩希望她更有激情，更像一个放纵的新娘而不是羞涩的女朋友，交往两年多，他们上床好多回了，就这回他觉出不对劲来。

“你怎么了？”他问。

“没事啊，”婉丝说，“挺好的。”她身上依旧凉凉的，没一丝汗，显得这句话言不由衷。

“换个姿势吧。”

婉丝顺从他的意思，然而收效甚微。节奏对不上，有时候两个人就像顺了拐似的，一个进一个退，像动画片里永远追不上松果的小松鼠，天南海北，宇宙洪荒，得不到就是得不到，一张床上的两个人怎么也找不到那个正确的交点，最后杨浩忍不住粗鲁起来。婉丝头向后仰，落在床沿边上，在零乱中感到一阵窒息。也许这就是溺水的感受，呼吸管掉了，海水不由分说地往嘴里倒灌，挣扎着，杂乱的气泡向上升腾。海面明明触手可及。

她张着嘴，用力呼吸，结果引来一个长长的带着渴求的吻。他爱我，婉丝对自己说，记住这一点就足够了——人死不能复生。她抱住他的脖子，让他的脸埋在胸前，感受他的速度和力量，然后做出相应的反应：不能太激烈，也不能过于冷淡，要掌握其中的分寸。她又一次闭上眼睛，时间似乎被拉长到了无限，没有尽头的震动和压迫，杨浩以为她喜欢这样，他不知道婉丝一直在假装高潮。他确实爱她，在这方面，也真的不够了解她。

遇到杨浩之前，她的感情生活相当荒芜。

十二年前，婉丝大学毕业，进了一家知名的美国公司做 HR，起了个英文名叫作 Vincy，取的是“婉丝”的谐音，十年后，同事们都叫她 Vincy 姐。婉丝的第一任顶头上司是个身材高大的白人，叫 Tom，对她很和蔼。有一年，年会结束了，Tom 提出开车送她回家，确实是顺路的，她心知肚明地拒绝了。那天晚上，她踩着细高跟鞋走出公司，沿街打不到车，也舍不得打车，长羽绒服下面露出两大块苍白的脚面，踩着寒风一路走到地铁站，双腿已经僵硬得不像自己的血肉。Tom 后来又约过她一次，她推说有事，拒绝了。

没过多久，Tom 调走了，换了一位上司，仍是白肤碧眼，女的，四十多岁，中文名叫梅丽。梅丽喜欢拉长了声音叫“Vincy”，回荡在坐了几十人的办公室里，仿佛很亲密。其实两个人不太对付，她总把婉丝看作前任留下的钉子，“Tom 喜欢你呀”。她中文讲得很好，想装听不懂都不行，有一次她无意中说起，“Tom 结婚了呀，娶的也是中国人”。她加上个“也”字，婉丝装作没留意，眼睛只盯着咖啡机萃取头流下的浓黑液体，到最后滴滴答答的，像一行混浊的泥泪。Tom 喜欢她，很多人都知道。

Tom 是很好，高大、英俊、温和，总是笑着，过了很久，她还忍不住想，要是那天晚上，就上了他的车，会怎么样呢？八成是连工作也保不住，办公室恋情是公司的忌讳，稍一曝光就得有人离职，Tom职位高，走的只能是自己，空降去做主管的机会少之又少，去别的公司从头开始？她又不甘心，也不敢冒这样的风险，父母和妹妹还在指望她呢。

算来算去，叹一口气，Tom还是走了的好。她年纪不小了，父母倒是不催婚，按照他们的观念，女儿嫁出去就是别人家的，贴补娘家就没有那么理直气壮；留着她，她可以挣钱。婉丝在北京的收入，在他们看来，是上蹿下跳也花不完的，每回打电话，除了要钱，就是叮嘱她要懂得节省。起初，她觉得父母不易，孝敬是应该的，渐渐地，她发现这些钱去向可疑，丝毫没有改善他们的生活。妹妹婉细已经十七岁了，念高中，应季的行头只有两套轮着换洗，在电话里向姐姐抱怨，她问爸妈为什么不给妹妹买几件衣服，他们支支吾吾的，才说你爸赌钱输光了，随后又叫起屈来，都怪做局的人心黑。

她塞钱给妹妹，让妹妹去买自己喜欢的衣服。开了这个头，更好了，妹妹念书的一应开销就都归她，这没什么，她供得起。十年之内，她升了两级，薪水翻三倍，传统行业的外企虽然比不了那些网络公司，收入也不算菲薄。再往上便是美国人玩的圈子，华人高管也不是没有，大都有海外背景，学历好、英文好，她两样都不占，就占个忠诚勤勉、做事周到，好歹混到现在，一晃三十多岁了。

说不寂寞，那是假的。有时候，站在地铁里听完一首歌，或者看了一部电影，片尾字幕滚滚消逝，像倒流的瀑布，大家纷纷站起来离开，她还坐在那里一个人抹泪，借着伤感的剧情来心疼自己。回到租来的小屋，深夜里独自拥被，像个青春小说里的女主角似的。一早梦醒，还得赶地铁去上班，挤在早高峰的人群里，再掂量下自己：钱不多，家庭是个甩不掉的大尾巴，长相不美，头脑也不算灵活，只有小学的数学老师夸过她聪明，再往后，身边的朋友都说她太老实了。

“老实过头就是傻”，凌青这样说她。被说中了，她也不恼，凌青是她最好的朋友，两个人是大学同学，一个宿舍住了四年，毕业时凌青和她一起拿到了这家公司的 offer。凌青在这里只做了三年，就跳槽去一家小公司做互联网运营——那几年，国企和政府机关是首选，其次是外企，民企是下下之选，名校的毕业生都不屑一顾。婉丝当年还劝她，说这里是大公司，稳定，你要三思，凌青反问：“再稳定，也是洋人手底下，咱们能翻出什么花样？”

这些年过去，她看得出凌青这一步走对了，当初虽然有风险，现在人家挣得比她多好几倍。她的羡慕也只是嘴上说说，毫无行动，就图这里稳定，赚得不多也不算很少。在工作上，她其实没有太多追求，三餐茶饭，也就知足，没有凌青那种永动机似的干劲。凌青说，你这样胸无大志，还是早点嫁人的好。

婉丝的前一个男朋友吴晓就是她介绍的，北京人，银行上班，曾经留学英国，父母都是医生，听起来条件很不错，是标准的男朋友配置。见第一次面，他就说：“你名字起得好婉约，你父母是做什么的？”

她如实相告，以为对方城里出身，多半会嫌弃自己，结果人家好奇心很重，顾不上嫌弃，追着她问：“你家养猪吗？养牛吗？”

婉丝觉得这男生怎么像个小孩，净问些傻问题。她告诉他，小时候家里有牛，现在没了，都是机器撒种；猪没养过，鸡鸭倒是有，鸭子会自己排成队到河里洗澡，是有组织的动物，由公鸭子带领，保准一只也不少地回家。

当她说出“有组织的动物”几个字时，瞥见咖啡上浮着的奶沫正在散开，她忽然意识到自己早已远离家乡，衣装变了，发型变了，语言也变了，她会站在城里人的角度去描述：鸭子是一种有组织的动物。自己的父母、祖父母、外祖父母，无论如何也不会这样说话，她正在背叛他们，同时又找到了新的归处：眼前的这个男人、身处的这座都城，目光闪动如同灿烂的灯火，都在对她微笑。

这段恋爱只持续了半年，春节吴晓陪她回了趟老家，回来之后就不再提结婚的事，婉丝再提，他就顾左右而言他。婉丝知道对方是看不上自己的家庭，她父母向吴晓提了不少条件，归根到底就一件事：要钱。其实婉丝一直在给，也用不着吴晓操心，她又不是没有收入，但不知怎么就触动了他，他也直话直说：“我要跟家里父母商量一下。”

商量之后，便没有下文。婉丝没那么不识相，吴晓稍一冷淡，她立刻就懂，抢先提出分手，避免自己陷入尴尬。她觉得委屈，自己又没骗他，山是远的，水是近的，村庄是小的，砖瓦是旧的，夕阳西下，鸭子会摆着湿漉漉的脚掌排队回家，然而这些并不是全部——吴晓对农村的印象停留在水墨画上，现实呢？婉丝还有个好赌的父亲，每一分钱都会输光，还有曾经在小工厂打工，被车床轧掉一截手指的母亲，厂里给的赔偿金供她念完了大学，那四年里，做梦都是血淋淋的。现在，她早有了自己的生活、工作，走出来也是一位光鲜亮丽的外企白领，可是家庭是一个人割不断也躲不开的影子，她长这么大，欠父母那么多，她总得还，妹妹婉细还在念书，她不能不管他们。

与吴晓分手后，她大哭一场，用掉整包纸巾后，想明白一个道理，世上诸般美好的事物中，幻想最要不得，Tom 走了，吴晓也会走，自己并没有美丽可爱到让人家不考虑她背后的一切。话说回来，难道自己哭的是纯洁爱情？很快她就把他忘了。

为了吴晓的事，凌青深感抱歉，怪自己不识人。她抱歉的方式与常人不同，直接送婉丝一张机票，海南往返，住的是她公司在海口的合同酒店，酒店附带高尔夫球场，从房间的窗口望去，绿茵的尽头是一线海。她下午到酒店，放下行李，换件衣服就走了出去，想去买双人字拖。酒店开电动车的门童向她致意，她笑着摇摇头，拒绝人家请她搭车的好意，打算自己走走。起伏的绿草地上有人挥杆，人影显得很小，球杆画出利落的弧线。

她沿着海岸线走，走了很久才见到有小店卖太阳帽和人字拖，试来试去，没有合适的，老板娘一边管教哭闹的孩子，一边问她到底要不要，她赶紧买下一双，出了店门才发现鞋底的橡胶有裂痕。回去找人家换，老板娘阴沉着脸，给她找出一双，啪地扔在结账的玻璃柜台上，本来她还想买瓶矿泉水，见对方这种态度，不肯再照顾生意，拎了鞋就走。走到一段沙滩上，换了新鞋，旧鞋装进袋子，走了几步，干脆连新鞋也不穿了，光脚踩着沙子，一个人自得其乐。

临去海南之前，婉丝要把机票和酒店的费用转账给凌青，两人交情虽好，婉丝却不喜欢欠人情，将来还要想办法还回去，太麻烦。不料凌青说，钱不是她出，公司可以报销，让婉丝不用管。婉丝一时语塞，她在外企待久了，办事规矩板正，都习惯了，凌青这么大笔一挥就说公司报销，她总觉得不妥当。这种事恐怕不是第一次了，别的股东怎么看她呢，会不会有风险？她把这些担忧说给凌青听，凌青只说："你不要瞎操心，我当然有分寸。"婉丝坚持要给，她就只收了机票钱，婉丝没办法，想着也许他们公司的风格就是这样。

脚上粘着沙子，沙粒细小得几乎难以察觉，像一层细细的盐，腌着皮肤，渗进海的潮湿味道。天渐渐晚了，她找到一处供游客冲洗的水龙头，拧了几次，不出水，就这么走上台阶，回到人行道上，打算找个地方吃晚饭，随便什么都行。海面上有两三只白帆船，是运动队在训练，还有人在冲浪，是嵌在夕阳中的几条薄薄的剪影。她找到一间临街的餐厅，透过玻璃窗，依旧可以看海，服务员推荐的招牌椰子鸡很快端了上来。

餐馆里很吵闹，落日却是亘古不变的宁静壮观，她独占一张桌子，觉得孤单也没什么不好。孤独意味着自由，不必非得开口说话，或者动辄与人商量，不停地迁就或者被迁就。与其说是失恋让她疲惫，不如说是谈恋爱本身就在消耗能量，她想也许自己是老了，青春的游戏不再适合她——追逐与被追逐，轻而易举地快活大笑，为着一些根本不值得发笑的小事，就像刚才从窗台经过的那一对，女生笑得快站不住，花裙子的宽大裙摆被风吹着，罩住了男朋友的小腿，这些无缘无故的欢乐，已经离她很远。

在凌青看来，有什么问题就解决它，胡思乱想没有用，"我当然懂你啊，懂有什么用？你得靠自己振作起来"。凌青打定主意一辈子独身，不要家庭，只要哄自己开心。婉丝飞海南的同一天，她飞去墨西哥，跟一个俱乐部的朋友去潜水，去过很多次了，这次是因为要测试新买的二级头。

五年前，凌青迷上洞潜，所有潜水活动中最危险的一种。第一次去，她万里迢迢地寄给婉丝一张照片，画面像外太空似的一片空茫，淡青色的水里，上不见光，下不见底，一丛丛千万年的石柱嶙峋地逸出，像怪兽的獠牙，是时间的化石。凌青把她看到的水底景色拍下来寄给婉丝，背面附一行小字：I don't mind going this way（我不介意这样去死啊），配上惊叹号，感情夸张得像个青春期少年，与她那种恣意而为的天性相比，婉丝觉得自己简直生来沧桑。

钱能够带来自由，自由使人年轻。

椰子鸡名过其实了，也许她没吃到最好的。回到酒店时，天色已晚，草地中央的甬道两边有低低的路灯，光线朦胧，大堂里有人排着队办理入住。她拐向另外一边的小超市，打算买点零食，在床上边看电视边吃。她挑了一堆可乐和薯片一类的垃圾食品，吴晓最看不上的那些，一次买了个够。失恋也要有个失恋的样子。

结账的时候，有人在她背后冷不丁地说话："您是凌总的朋友吗？"她回头，看见那个人，比自己高一头，似乎有点脸熟，又想不起来，她迟疑着，对方又说："咱们在国贸见过。"她忽然想起来，这人是凌青的下属，凌青还夸过他，聪明、听话、好用，有一次她陪凌青在国贸逛街，碰见他，他当时跟一个长头发的高个子女孩在一起。

他叫什么来着？婉丝一时想不起来。

"杨浩。"他自报家门，化解了婉丝的尴尬。婉丝想，自己住在这里，还顶着人家公司的名义，名不正言不顺的，别给凌青找事，敷衍几句就走开了。回到房间，随便调了电视频道，就在床上撕开零食的包装，吃得停不下来，一边给凌青发微信，说：碰见了你公司的人，没关系吧？

凌青回复她，当然没关系，别犯傻。婉丝心想，行吧，她把谨慎叫作傻，就不跟她争论。提到杨浩，凌青说："我知道，我派他去办点事，顺便陪你逛逛，放心，他也是单身。"她边说边笑，婉丝简直不知道怎么回复。这种事凌青的确做得出来，杨浩再为难也不能不答应。她想着，明天要是再遇见，得跟人家说清楚，不用他陪，像什么话。

果然在早餐厅里遇见，他捧着一只装得满满的盘子，走过来坐在她对面，不一会儿就把盘子里的东西吃完了，吃完也不走，好像在等她。婉丝心想，总不能直接告诉人家，凌青瞎操心，我不用人陪，您走吧，那也太尴尬了。他问她白天要做什么，她迟疑着不知如何回答，因为确实没有计划，杨浩就替她出主意："我帮凌总去看一块地方，公司要做个新项目，您跟我一起去转转吧？"

不知道为什么，也许是因为他那副年轻天真的面容，他大口吃东西的专注样子，平整干净的T恤，或者温和的目光，她真的就跟他去了。坐了酒店的电瓶车，服务生的笑容与昨日不同，笑得更明媚了。上了车，才发现自己还穿着吊带裙和夹脚拖鞋，不像个办正事的样子，杨浩说："没事，你就是来玩的，我来办事。"

忽然之间，他就把"您"换成了"你"，婉丝松了一口气。

电瓶车把两人送到酒店的停车场，杨浩在这里租了辆车，婉丝坐进副驾，她不好意思像凌青似的，大剌剌地往后面坐，拿人家当司机。杨浩一路开，一路给她讲海南好玩的地方，原来他老家在广东，在海口念大学，又去美国读了硕士，毕业后到北京工作，去年刚应聘到凌青的公司。

他要看的地方，现在还是个种芒果的农庄，要转让出去，价格不高，一次付三十年的租金，附带一座两层楼的小房子、几间农具房，狗有狗舍。婉丝一边看，一边盘算，凌青公司要这偏僻地方做什么。杨浩告诉她，做培训学校，婉丝虽然不是做业务的，在心里估计一回，也觉得不靠谱，打算劝劝凌青。杨浩说："劝不动，她那种性格……"他话说一半，咽了回去，显然有所顾忌，婉丝也不再说。跟农庄主人聊了聊，杨浩就算完成任务，婉丝觉得他对这个项目也不热心，不过敷衍领导而已。回去的路上，杨浩忍不住说："这个项目不好做，投入很大，周期长，公司里很多人反对。"

婉丝是外人，就不插嘴他们的事。杨浩开车带她去了一家做椰子鸡有名的餐厅，果然大不相同。婉丝告诉他自己昨天在哪里吃过，味道远不如这个。他想了想，问："是靠海的那一家？"原来，那时他正在海上。杨浩是这里一家冲浪俱乐部的成员，每回出差过来，都会去冲浪，昨天她看见的那几个人里头，就有他。

婉丝便追问起冲浪的种种有趣之处，其实并不是真的对冲浪有兴趣，而是借此来逃避谈论自己。杨浩滔滔不绝地聊起水上的运动，她就在这些话语的激流之下，一边拨弄着鸡肉，一边获得了独处一般的片刻安宁。

第二天是星期六，出差的人也休息，他们开车去看了苏轼故居、几处供人游玩的海滩。阳光热辣，婉丝戴了宽檐的帽子，脸上投满阴影，是一切神情的最好掩护。身边多了个游伴，迫使她从那些胡思乱想中跳脱出来，理应更开心些，然而这开心却又令她犹豫：凌青的意思再明白不过，一定也向杨浩交代过，而他这样殷勤热情，不知道是为了什么。为着自己是老板的好朋友？这种牵线搭桥，谁也不好意思推却吧。总之，这事全怪凌青，热心过头便是多事。凌青可以自由自在地享受男女关系、轻薄的欢爱，婉丝却始终小心翼翼，她不习惯男人对她这么殷勤、这么好，像个骗局似的。晚上，她洗过澡躺在床上，回想这一天结伴同游，杨浩是个挺不错的人，不过自己看人一向不准，她决定先不理会，反正过两天就回北京了。

2

回北京后，凌青问婉丝："杨浩怎么样？"她含糊其词，凌青不吃这套，接着逼问："回北京以后他约过你吗？"婉丝只好承认，说一起吃过两顿饭，什么由头她都忘了，总之是接受了邀请，一次是杨浩开车来公司接，另一次，婉丝加班，他买了两个汉堡套餐，两个人在他车里一起吃掉，然后杨浩送她回家。

关系进展的这种速度，连凌青也吃了一惊，她以为婉丝是在闹着玩。婉丝也觉得这不太像自己慢热而迟钝的风格，但是杨浩是那种女人很难拒绝的男人，他态度自然、温和有礼，婉丝的犹疑他看在眼里，有着十二分的耐心。她答应的约会，他会反复确认婉丝是否真的方便、真的愿意，直到婉丝自己向他保证绝对没有勉强，他才放下心来，像是个不太自信的毛头小子似的。或许这些招数也是凌青教的，教他不要在黄婉丝面前太过张扬，反而吓走了她。

凌青指天发誓，自己绝没有唆使杨浩来追她，一切都是自然而然。从理智上，婉丝知道这是假的，肯定是凌青有意安排，但是从虚荣的心理出发，她愿意相信这是天赐的缘分，再加上一点点自身的吸引力。

相貌再普通的女人，也不会认为自己是真的难看，顶多算不爱打扮，婉丝也不能免俗。同事们都说，Vincy度个假回来，人都变得鲜艳了，从前她很少穿娇嫩的颜色，跟吴晓在一起时，也没有花太多心思在外表上，现在每天晚上睡觉前，一定会计划好第二天穿什么，新衣服也买了好几件。

杨浩总是突然袭击。晚上约会，他早上才打电话来，婉丝不得不时刻做着出门见人的准备，至少不能太邋遢。从前她几套黑白灰就能过一季，最近试着买几件彩色的衣裳，乱花渐欲迷人眼，剁手停不下来，多买几件衣服，心里还有点罪恶感。有天晚上打电话给婉细，问她最近缺什么东西，妹妹在电话那头沉吟了一阵，最后说东西都不缺，生活费也收到了，就是爸爸又去赌了。婉丝听婉细讲家里的事，这些事妈妈都不会告诉她，婉细说："妈现在有点怕你呢。"

"怕我什么？"

"怕你生气，不给我钱了。"

婉细的学校实行军事化管理，晚间熄灯是死命令，必须睡觉。婉细偷偷把电话拉到走廊里，低声说话。穿堂风一阵阵地吹，她们学校的宿管阿姨执着地非要打开楼道两边的窗户，婉细时常穿着厚棉衣跟姐姐讲电话。婉丝知道她冷，叫她早点儿回去睡觉，婉细在那头打呵欠了，忽然又精神起来："姐，你那个男朋友呢？还在一起吗？"

婉丝叫她别管，拿出姐姐的威严来，警告她不许在学校谈恋爱。"把所有的精力，"她强调道，"所有的精力和时间都放在学习上。"

"我知道。"婉细的声音小小的，"查夜的来了。"她说，电话机里一阵呜呜啦啦的噪声。

电话挂断之后，婉丝看见杨浩发微信来，问她睡了没有，她没有立刻回复，甚至有点不想回复了。家事令人苦恼又难堪。有时候，她也发狠想着，不管了，随他们去吧，再也不管这些事，可是妹妹还得上学念书，不能不顾着妹妹；妈也管不了他，就会哭。她把手机扔到一边，自己仰躺在床上，望着惨白的灯光，一会儿觉得自己很明白，大不了不结婚就是了，不结婚，便不会有深入肌理的交往，她就永远是国贸的 Vincy，上回跟吴晓谈婚论嫁，全是她一头热，那种尴尬无措、失望伤心，再也不想经历。

这天是星期五。下午，办公室里没什么事，凌青约她一起吃晚饭，她正点下班，换上一双路上穿的平底帆布鞋，坐地铁过去。凌青选的餐厅在一栋商场里，凌青还没来，她随意逛着，买了一件打对折的裙子，等凌青到了，点完菜，拿过婉丝的纸袋翻看，是一条深蓝底洒碎花的连衣裙，七分袖，前面看着保守，转过来，后背挖得很深，就笑着说："哎呀，这是谈恋爱了嘛。"

婉丝不同意这种说法，她只承认对杨浩没有恶感。凌青一口气喝掉一杯冰奶茶，招手请服务员再来一杯，一边对婉丝说："他家境不错，人也能干，我打算提拔他。你别犯糊涂，他比吴晓强多了。"

"没到那个程度，"婉丝说，"他比我小四岁呢。"

婉丝的奶茶是热的，捧在双手中间，厚厚的玻璃杯十分温暖。凌青永远要喝冷的，觉得冰块能唤醒沉睡的味蕾，她能跟男人喝酒，也喜欢小女孩的甜饮料。婉丝一直纳闷为什么自己会和她成为密友，她们完全不是一路人，凌青看问题简单直接，在她眼里，男人不过是众多小问题中的一个，不值得纠结。

“你老是在意一些有的没的，”凌青拣出整个的辣椒扔进嘴里，她吃灯笼椒的架势仿佛是在吃一粒小番茄，“年龄小有年龄小的好处，只论喜欢不喜欢就行了。”

婉丝也说不上来，有时候她觉得跟凌青讨论感情，像对着语文老师请教数学题，凌青有一套安慰人的话术，直率而不失体贴，听起来都是对的，唯独没有明确答案。“只问喜欢不喜欢，别的不用管”，说起来容易，黄婉丝又不是公主，喜欢也没什么用，况且她并不确定自己的感觉，更别说理解对方的心思了。

“你总是一下子就考虑结婚，这样会把事情搞得很复杂。”凌青说，用吸管搅动着杯底的冰块，“就不能学着享受一下男女关系？这中间好多乐趣呢。给他点暗示，让他来追你。”

婉丝没说话，凌青像忽然悟到了什么似的，探身向前：“他是不是已经得手了，你还瞒着我？”

和凌青谈论性事并没什么开不了口的，她的荤段子不比男人少，有些隐晦，有些相当直白，因为凌青也免不了遇上听不懂她那些幽默的笨蛋帅哥，她得收起自己的聪明才能跟他们在一起。这种人，光婉丝知道的就有两个，肯定还有她不知道的存在。

“没有。”她简短回答，热奶茶已经变凉，她剩下的奶茶倒进凌青杯子里，冰块被冲得荡了起来。凌青喝了一口，摇摇头，她不喜欢无糖的饮料，从不节食，而婉丝近来厉行减肥，陪凌青吃川菜，一口米饭都不要。

其实，有过一次很暧昧的情形。那天吃完晚饭，杨浩送她回家，开的是一辆大众的跑车。婉丝想这辆车一定不是他自己赚钱买的，她从小过着紧巴巴的日子，看人看物，第一反应是价格，第二反应便是钱哪儿来的。像杨浩这样年纪轻轻，吃穿用度都不凡的人，不用凌青说，也猜得出家境不错。那天，杨浩请她看电影，爱情片，大团圆，两人随着退场的人流走向电梯，杨浩忽然拉起她的手，一直拉到地下车库。两盏灯坏了，一段路是黑的，他的手依然松松地握着，很温暖，等车灯亮起，他才松开，走向驾驶位。车身又亮又矮，一只猫似的伏在地面上，像个浮华的电影场景。

婉丝当然懂得他的意思，在她家楼下，他没必要地多停了一会儿，扯几句闲话，也没等来那句“上来坐坐”的邀请。婉丝已经不是小姑娘了，她懂得这些恋爱的窠臼、关系转变的节点，随口一句话，可能会赚来一个美妙的吻，也许她会真的动心，就像对吴晓动心那样——一念及此，就心生退意。

对她的做法，凌青表示理解。她一向理解婉丝，但从不认同，她知道婉丝不可能活成自己这样，说也没什么用。她抬手叫服务员结账，不许婉丝抢着买单，婉丝想起上次海南的事，问她：“你们公司报销都是这么随便的，别的股东也这样吗？”

“这些人不管业务，每年只管拿分红，还来管我？”凌青说。两个人离开餐厅，凌青要去拿她看好的一个包，货到了。店里没什么人，摆的商品不多，看起来昂贵、疏远、冷淡，婉丝随手翻价签，妹妹念三年高中也花不到这个数。不是为了陪凌青，这些奢侈品店她从来都不进。

凌青将手包里的东西全都腾进新皮包里，空的旧包塞进专柜的纸袋，她的皮包买来买去都差不多，方方正正的，深色的公事风格，婉丝看不出有什么更换的必要。凌青说:“你到底是不是女人?明明不一样嘛。”

逛了几家店,又坐下来喝咖啡,凌青说起她上周刚分手的男朋友,婉丝见过两次。凌青挺喜欢他,语气里有点遗憾:“他觉得我太强势了。”她说这句话的时候一点也不强势,似乎有些困惑,这困惑其实不是她一个人的,而属于所有的女人,强大、有能力,似乎会减损一部分女性魅力。凌青固然潇洒,也并不是全无感触和疑问的。

婉丝跟她已经熟到窥一斑而知全豹的地步,立即捕捉到凌青语气中的一丝失落,“你后悔了?”

那个男人确实不错,离过婚,没有孩子,四十来岁,跟凌青在一个行业聚会上认识的。关系迅速进展,凌青带他出来见了不少朋友,婉丝说他长相慈祥,笑眯眯的,像个大号的考拉。上回两人见面,凌青还给她看了对方送的珍珠耳环。

“送耳环,感觉好滑头啊。”婉丝评论道。

“为什么?”凌青一手摸着耳环的吊坠,难得地一脸疑惑。

“知道你没耳洞,让你为了他去打。”

“我早就想打耳洞了。”凌青松了一口气,“第一次戴这么复杂的首饰,好看吗?”

婉丝想说,看上去太贤惠了,不太像你,但说出口的只是“好看”。没过多久他们就分手了,婉丝觉得她摘掉那个人送的风格夸张的耳坠之后,才变回了那个熟悉的凌青。

“他想结婚,我没有心理准备。”凌青用小勺撇掉奶油上的肉桂粉,底下的咖啡滚热。

"然后他就走了。"凌青像是自言自语似的，"上一秒求婚，下一秒分手，像谈生意似的，不成就一拍两散。"

"你在享受过程，他却只想要结果。"婉丝说，"他也没错，结婚有那么可怕吗？"

"你见过我父母吧？"凌青说，"你能想到最理想的婚姻，就是我父母的关系，他们从来不拌嘴、不吵架，意见不一致就各自沉默，和谐到无聊的地步，我不想过这样的日子。"

"你需要刺激。"

"所以，他走了也好，"凌青说，"我确实需要不断的刺激。"接着，她开始谈起下个月的潜水计划，问婉丝要不要跟她一起去，"我记得你年假还没休完？"

婉丝只剩下五天年假，凌青每次出国潜水，少说也要十来天。她说："时间不够，还要留到新年。"婉丝的公司允许没休完的年假攒到新年一起休，算是一项福利，她总是攒着假期，春节回家的时候多住几天。

"每次都说以后要一起去玩，一次也没实现过。"凌青叹道。婉丝想，人与人之间的约定大都如此吧。

晚上，婉丝搭地铁回家，车厢里人不多，窗外的广告画连成一片，让她想起小时候跟着妈妈去镇上赶集，卖核桃花生的小贩旁边，有个冷清清的放万花筒的摊子，万花筒三只脚支在地上，像个望远镜似的，五毛钱就可以看原始森林和海底世界。摊主双手插在裤袋里，一边晃着身子取暖，一边吆喝，地上散落着烂掉的菜叶和根须。

她不敢开口要钱。记忆中的情景只是一瞬，万花筒里面到底是什么样子，到现在也不知道，不像地铁窗外连绵不绝的广告动画，硬撞进人的眼睛。为那不敢开口要的五毛钱，耿耿于怀很多年，现在有钱了，对婉细这么大方，就是不想让她像自己小时候那么窘迫。

婉细比她小十三岁，和她一样，听话、勤快、会念书，这是她们躲避挨打的唯一办法。在她们爸爸眼里，教育就是打，考不好就应该被教育，家里的三个女人都是他的教育对象，教育别人，发泄自己，一举两得。

喝酒是一个原因，赌输了也是，虽然吃过不少拳头，婉丝对他最深的印象却不是那些零乱的辱骂和暴力，而是爸爸宿醉醒了，出门闲逛，一定会带上家里那条灰狗，那狗低着头，塌着腰，尾巴几乎拖在地上，亦步亦趋地跟在主人身后。灰狗跟爸爸在一起的时间比所有家人都多。婉丝不记得在哪里看过一句话，说喜欢马和狗的男人，对女人不会太好，当时就想起了自己的父亲。

地铁到站了，杨浩发微信来，问她在哪里。他跟朋友聚会刚散，回家路上会经过婉丝的家，可以去见她吗？婉丝看着那两行字，犹豫着该怎么回复，还没想好，就机械地打出“好的”，点了发送。五十分钟后，杨浩就到了楼下，婉丝告诉他门牌号，一边抱起沙发上堆着的衣服，统统塞进衣柜里。卧室乱糟糟的，被子没叠，床边的椅子上还堆着最近购物的纸袋。门铃在响。她匆匆地关好卧室的房门，只有客厅勉强可以见人。她在玄关立着的穿衣镜前又照照自己的头发，洗过了，刚刚吹干，很柔顺。洗完澡她没再化妆，身上还带着沐浴露的味道。

杨浩走进来的时候，稍微弯了下腰，像故事书里的小孩走进陌生的小木屋，神情中带着一点拘束和好奇，有种单纯的孩子气。他说："我带了点儿吃的。这不是剩菜打包，是专门给你点的。"

他轻声细语，听起来很温柔，也许是夜深人静的缘故。进门有一张简易的小圆桌，他把餐盒摆出来，又问婉丝："你想吃吗？不想吃就放进冰箱。"

婉丝说正好饿了，两个人就坐下来吃夜宵。杨浩告诉她，他们大学同学聚会，只有他一个人没带女朋友。婉丝正夹起一块天妇罗——她跟杨浩一起吃饭的时候，从来不提节食的事。

"我今天跟凌青吃饭。她想约我一起去潜水，可惜我没时间。"婉丝没有接他的话头。

"你有几天年假？"

"今年还有五天。"

"有计划吗？"

她说，年假总要留给春节，在家可以多陪陪妹妹。杨浩对这个说法感到意外，"陪你妹妹？"

现在父母拿她的钱，有点怕她，她在家，婉细能少挨一些无缘无故的打骂。有些人年轻时候脾气暴戾，到老了倒时不时地透出瑟缩的可怜相，她爸爸就是这样——这些情形总不能现在就告诉杨浩，她不想用这样的夜晚去诉苦。说破天，不懂的还是不懂。她说："这个菜真好吃。"

"下次一块儿去餐厅吃，外带的味道都变了。"

她拿了一个大搪瓷杯泡了热茶，然后又找出一只玻璃杯，倒出来匀给杨浩，自己就捧着茶坐进沙发里，像搂着一只温软的猫似的。杨浩坐在沙发边的脚凳上，婉丝在心里微微一笑，她刚才匆忙收拾屋子，脚凳里塞着一堆没来得及收拾的内衣和袜子。那只茶杯握在杨浩手里显得小小的，她忽然说：“换换杯子吧，我喝不了这么多。”

他递过来，她又递过去，一样的温热，杨浩把搪瓷杯放在茶几上，看见旁边有个编织的杯垫，就拉过来垫在下面。婉丝说：“这是我自己织的。”

他“哎呀”一声，又要抽出来，婉丝阻止他：“没关系，就是个杯垫。你太客气了。”

杨浩说：“其实我平常不是这么客气的。”

婉丝不说话了，感受着怀里的热气袅袅。她想说的话，也许他已经听到了，不然他不会过来坐在她身边。吻是轻轻的，让她想起刚毕业那年，一个人去逛海洋馆，被驯兽员选中和海狮做游戏，海狮突然送她一个湿漉漉的吻。它的胡子硬得像铁丝，那么没头没脑，既纯洁，又无心，底下观众都在笑，因为她吓得向后退了好几步。此刻她也在退，但是杨浩很有耐性，在她后退的间隙说着几句安慰人的话，其实话中的意思并不重要，到她耳朵里都化成喃喃低语。她穿着那条新裙子，后背挖到半空，露出皮肤，像半轮月亮。她被推得靠在皮沙发上，背上一阵冰凉，人又清醒过来，在这清醒的片刻里，只来得及想到卧室乱糟糟的，转眼间，这念头就被涌动的潮水冲散了。

第二天，杨浩带走了那个杯垫，婉丝说再钩个新的送给他，他说不用，这个就好，他小心地把它放进背包里。他今天约了人去打球，邀请婉丝一起去，她说今天要收拾屋子，不想出门。他一走，婉丝就打开洗衣机，把一周的脏衣服都丢进去洗，微波炉里热着牛奶，“叮”

的一声，似乎比平常的声音更清脆好听。她一边喝着牛奶，看见杨浩在楼下出现，越走越远，突然有点后悔，平常一个人也很忙碌，今天忽然就不知道该做什么，不如跟他一起去。

十分钟后，杨浩发微信来：跟我一起去吧。

她答应了，然后迅速地找出一身运动衣和好久不穿的运动鞋，匆匆洗漱。杨浩的车停在楼下不远的地方，车窗打开了，他的墨镜在阳光下闪闪发光。

婉丝周一去上班的时候，杨浩送她到办公室楼下，凌青的公司实行弹性工作制，杨浩也不用到点打卡，他们在车里吻过了才算道别。工作日清晨的冷风吹过来，婉丝把碎头发别在耳后，杨浩的车子悄无声息地滑入滚滚车流。

吸取了上次的教训，婉丝下定决心，这一次，无论进展到什么程度，她都不会主动提到结婚。她心里打着鼓，既希冀又担心，好像一篇文章没打好腹稿就匆忙开了头，写着写着，就离题万里。杨浩对她亲切温柔，越是这样，她心里就越没底。

3

星期三一过，一周就过了一大半，可以期待周末了。杨浩约婉丝去山里烧烤，凌青听说，也要跟着来，还要带一个新朋友。

“烧烤嘛，越热闹越好。”她说。杨浩听见，半开玩笑地说：“周末还要陪领导。”

“那就算你加班嘛。”凌青说。星期三下午他们公司有个周中的例会，永远是下班后才召集大家，婉丝就搭地铁过来找杨浩，等他散了会一起吃饭。凌青公司的前台认得婉丝，让她到凌青的办公室去等。

凌青的办公室在楼道尽头，独立、清静，透过落地窗可以俯视一片楼顶和繁忙的街道，宽大的桌面上除了笔记本电脑、喝剩一半的咖啡，就只有几个相框，是她在水底拍的照片——鱼、珊瑚，或者一片空茫无物的水。

这些照片她都看过，不知怎的，这次看见却有了不同的感受。杨浩也喜欢一切跟水有关的运动，而她连游泳都不会，每次他兴致勃勃地说起潜水、冲浪、海岛，她总是接不上话，只能微笑听着。

散会了，走廊里传来一阵散漫杂乱的脚步声，凌青和一个同事说着话，交代了公事，才走进来，婉丝正用手机查机票价格。

"是在等我？"

"等杨浩。"她说。凌青大呼失宠。

"你下个月几号出发？"凌青要和几个俱乐部的朋友去塞班，婉丝算算时间，现在办护照还来得及。

凌青告诉婉丝来回的时间、航班号以及大致的行程安排，她和潜水俱乐部的朋友一道出行，消费都是亲民的水平，婉丝一算，还奉陪得起，就说："算我一个行吗？"

"好啊，你终于想开了，"对于婉丝赞助家里的做法，凌青一向不太赞同，"人总要哄自己高兴啊。"

其实凌青误会了，婉丝过得简单，不会玩，不会享受，不全是为了省钱给家里，而是她自己根本就缺少生活的兴趣，从小到大就只会念书，连朋友也不算多，因为社交需要花钱，对她那样的家境来说，社交是奢侈品。像凌青这么亲密的朋友，在整个大学时期，只有她一个。

周末聚会的地方在杨浩自己家，他在怀柔有个农村小院，长租十年，认真改造了一番，地上铺了方块的青砖，头顶上是冬天干枯的葡萄架。婉丝跟着他去过一次，夸他这里收拾得很舒服，他说夏天可以在绿荫下乘凉，他在广东的家的房子外面，也有葡萄架。

杨浩的父母早年有公职，后来到广东经商，生意做得不错，他父亲倒是不强求他回去接班，他也不想回去，更喜欢北京。“他们比较想得开，只要我开心就好。”他说。婉丝笑笑，一边想到了自己的家。如果说杨浩是一束迎面向她照来的阳光，家庭就是婉丝身后的那片阴影。她忘不掉她问吴晓什么时候结婚时，他脸上犹犹豫豫欲言又止的神情，最后分手还是婉丝提出来的，他连主动结束关系的魄力都没有，要婉丝来做坏人。

星期六早上，天气暖洋洋的，像个春日，杨浩开车来接婉丝，一见到她，就说，你今天真漂亮。婉丝穿了一件新买的大衣，浅米色，线条利落而柔和，头发放下来，瞳仁里泛出流动的深紫色——她第一次用美瞳，还是凌青撺掇她买的，口红也带着紫色调，整个人显得比平常轻松艳丽了。杨浩有一次跟她说，你总有种莫名的紧张感，因为这一句话，婉丝对着镜子练了很久的露齿大笑，希望自己看起来更阳光快乐，装成没心没肺的样子。

凌青冷眼旁观，说你不要走得太快、陷得太深，我希望你能在他身上找点乐子，不是让你受一遍情伤。婉丝觉得，在感情问题上，凌青并不是很好的倾诉对象，她这个人过于自我，总是推己及人，满腔热情地为朋友好，反倒是不得要领。其实婉丝的痊愈过程比凌青要漫长得多——凌青上周还在感叹“考拉”的薄情寡义，这周就带着另外一个男人来参加朋友聚会了，而婉丝还没有走出吴晓的阴影。

烧烤架搭在院墙边上，准备工作归两个男生。凌青的新朋友叫李子墨，其实是旧相识，是她的初中同学，多年未见，同学聚会上偶然碰面，两个人重新认识了一番，男未婚，女未嫁，干脆在一起玩玩。

李子墨在一家互联网公司写代码，人看着很老实。凌青自认为拿得住他，在男女关系上，她会根据对方的情况来调整自己，表面随和，其实牢牢掌握着主动权。就像cosplay，她说，一段感情就像一场戏，男人是观众，女人的扮相由她自己决定。这一天她穿了一件大学时期的格子外套、宽松的牛仔裤和登山靴，力求与喜欢穿漫画T恤的新男友达成表面的和谐，婉丝见到她，不由得称赞：“好青春啊。”

李子墨和杨浩很谈得来。婉丝发现，杨浩似乎跟谁都能相处得不错，也许他对自己好，只是他待人好的一种习惯而已。李子墨和凌青一样，都是北京本地人，正在人民大学读一个在职的MBA，是那种很上进的男生，不甘心一辈子光写代码。虽然在凌青看来，人脉活络比念什么书都管用，却也忍不住夸李子墨“很上进嘛”。

“他想转管理岗位，”凌青说，给自己开了一罐零卡的冰可乐，“我想让他跳槽到我公司来，他不愿意。”

“换我，我也不愿意，还得受你的鸟气。”婉丝话还没说完，凌青就高声道：“杨浩，你说，我是不是好老板？”

杨浩不敢怠慢，一边拿铁钩翻着木炭，一边连声说：“是，是，是，你当然是。”大家都笑了。

“其实做管理没什么意思，”凌青说，“我当销售的那几年，只管卖货，比现在开心多了，现在天天一堆烦人的破事。”

凌青在婉丝公司的时候，拿过两次华北大区的销售冠军，风光无限。不过，外企虽然听起来洋气，大公司该有的毛病一样也不少，中国的同事背着美国人议论，吐槽说咱们也就是美国的老国企，官僚化，效率低，高层内斗得厉害。前两年，新上任的大中华区老大挟中国市场而自重，不惜兴师动众，把新加坡的研发中心转移到上海去，到了上海，又裁掉一批老人，打着本地化的旗号，再招一批便宜好用的新人。当时婉丝的上司 Tom 是人力资源部的负责人，跟研发中心的一些老员工是同期进公司的，关系非常好，因为这件事跟老板意见相左，没多久就被调走了。凌青的部门也有变动，那两年她的业绩好，眼看着要升职，突然被调到另一个部门，头上多加了一层老板，她觉得不爽，寻个机会就离开了。

现在，婉丝的处境跟当时的凌青差不多。市场好的时候，管理上的很多问题会被业绩掩盖，从去年开始，公司的业绩就不理想，任务没完成，今年又调高了，销售那边走了很多人，一下子空出一大批职位。婉丝觉得现在招人的数量，简直跟那些常年挂招聘的骗子公司情况差不多，助理筛简历也筛不过来，婉丝还得经常帮忙，向梅丽几次打报告要添新人，对方都否决了。

过去，Tom 在的时候，婉丝经常能够参与一些决策层面的讨论，有关各部门的招聘也会提出建议，现在却陷进这些琐事里拔不出来，每周还要定期写报告给老板，总之，不顺心的事越来越多。

跟凌青念叨这些烦恼，凌青觉得，这是受雇于人的必然结果。稳定的上升只是个幻想，“这种事就算跳槽也解决不了，换个地方一样会发生。如果你要换工作，想好了到底为什么，不然将来还是一样迷茫。要不你来我公司?”

“不要听她的,”李子墨一边穿肉串一边说，“她已经当老板了，看问题都是资方视角。”

婉丝说:“她想让我去给她打下手，我才不去呢。”

“我现在需要有人给我们俩打下手。”杨浩说，婉丝和凌青就走过去帮他们一起收拾那些腌好的肉。

杨浩说他昨晚切肉切到两点多，全部腌好了才去睡觉。凌青对婉丝说:“你来我这儿吧，一边工作，一边还能谈恋爱。笑什么? 没关系的，我们不忌讳这个。”

“等我哪天混不下去了，就去投奔你。”婉丝想结束这个话题，她总不能对凌青直说：我觉得你们公司不靠谱。凌青不在乎什么稳定不稳定，婉丝却不能不考虑这个。杨浩也跟她说过一些凌青的事，上次去海南看的那块地，是凌青打算跟当地的教育机构合作，开学校，定向培训一批学员，专门做网络客服。这些人年轻又便宜，小地方机会也不多，员工比较听话，凌青认为这些人不仅可以满足自己公司的需求，做大了还可以给别家做外包，重要的是，杨浩父母的老家在海口，在政府机关有亲戚，凌青用他，也是看中了这一点。其实杨浩学历不错，人又聪明，英文流利，在她眼里都不如这层关系管用。

相处多了，杨浩忍不住也跟婉丝抱怨，说凌青又固执又强势，听不进别人的意见，她搞的这个所谓的培训基地，跟公司的轻资产风格完全相悖。除了她，另外几个股东都是做技术出身，认为这种投入大、回报慢而且依赖政府资源的项目并不理想，然而他们争不过凌青——

这家公司成立以来，最大的一笔投资是凌青带来的，凌青曾经跟婉丝隐隐约约地提起，投资人是她的前男友之一。

婉丝帮着杨浩一起烤肉，烟火熏腾，扑面而来，这感觉是熟悉的：小时候在家她帮忙生火做饭，经常被湿柴呛得眼泪直流。那时婉细还在襁褓里。妹妹自小就乖，不爱哭，小心翼翼以求自保的性格是天生的，可能跟妈妈孕期照样挨打有关系。婉丝向来心疼婉细，甚至多过心疼自己，有种近乎母性的爱怜投射到小妹妹身上，即使此时此刻，朋友小聚，笑语闲谈，她都忍不住惦记婉细：周末回家，不知道婉细又挨骂了吗？

杨浩说起他在美国念书的时候，学校在一大片玉米地中间，特别安静，空气好，他父母希望他将来结了婚，最好能回美国找工作。婉丝留意听着，他说："北京就是空气差，但是机会多。"停了一下，又说，"姑娘也多。"

"你不许走啊。"凌青说，"你走了，黄婉丝怎么办，我的项目怎么办？"

杨浩说："那我是不是应该趁机提加薪？"大家一笑而过，李子墨倒是对美国的生活问长问短，很感兴趣的样子。凌青很不以为然，她是个坚定的民族主义者，在她的朋友圈子里，移民的人不少，也是个经常谈论的话题，她觉得只要有人的地方，就不可能是天堂，更没有十全十美的故乡。"换个地方就一定过得更好？"她反问。李子墨说："反正不会比现在更糟吧。"凌青直言，你这想法太没出息了。

李子墨性格宽和，凌青损他，他也就笑笑。婉丝有种直觉，这两个人的关系可能会维持得稍微长久一些，李子墨不像那种会围着凌青打转、看她脸色、想办法讨好她的男人，反过来，他也不会跟她斤斤计较，似乎不怎么在乎她，保持亲密的同时，又有距离。凌青的气焰伤不到他，她是谁、收入几何、情史多少、前任是谁，李子墨完全不在意，因此两个人都很轻松。

第一批肉串开始滋滋地冒油，火光幽蓝，继续烤第二轮，烤好的肉盛在盘子里，放在一张野营用的折叠桌上，椅子也是同款，凌青称之为“成套的丑”，声称要把她父母家闲置的一套藤椅送过来，保准有南洋风格。凌青的父母退休后把市区的房子卖了，在郊区买了套别墅，过起田园生活，自家后院开辟出一块菜园子，种得不亦乐乎。用婉丝的话说，你们城里人，就是叶公好龙。

凌青还来不及跟她斗嘴，就被入口的味道惊到了。“真好吃。”她对着杨浩嚷嚷，“你不许跳槽啊，我太爱这个烤肉了。”

“那真得加薪了。”杨浩说。他戴着一副烹饪用的厚手套，手腕上有个明显的破洞。手套看起来还很新，婉丝想，这个洞很容易补好。她手巧，针线活儿一眼就会，钩织东西也不在话下，简直传统得不得了。从前 Tom 在公司的时候，有一次部门同事给他庆祝生日，她送的礼物是一个保温杯套，红色中国风的喜庆。Tom 要离职了，临行前还对婉丝说，这个杯套漂亮极了。她用剩下的绒线织了几个杯垫，若以凌青的眼光来看，大概也是“成套的土气，还有傻气”。

凌青逼问配方，杨浩说了出来，也就稀松平常的几样调料。“主要在配比，”他说，“你得对各种味道的搭配心里有数，有时候差一点，效果就不同。”凌青说他故弄玄虚，杨浩说中国人做菜就是玄学，盐少许、葱一段，到底多少，全凭悟性，不像美国人的烹饪书，精确到克，新手亦步亦趋地模仿，也可以做得像样。

杨浩从前在国外念书，自己租房住，学会了做饭。婉丝觉得，他虽然家境好，却并不是娇生惯养长大的，好感又多了一层。她说起自己上高中时的笑话，和几个女生在宿舍里煮粥，电磁炉短路，火花迸出，吓得她们大叫，招来宿管，臭骂一顿方休，连锅和电炉都被没收了。几个女孩子一商量，婉丝自告奋勇把锅偷了回来，她也不知道自己怎么那么大胆，趁着宿管睡午觉的时候潜进办公室，动作麻利地把东西抱回宿舍。

“她们都说我太勇敢了。”

凌青说：“得了吧，明明是别人怕惹麻烦，又舍不得东西，看你傻，就让你去。”

“不是吧，”李子墨终于逮着机会反驳凌青，“念书的时候人没那么复杂。”

“要是我，我也让她去。她这个人，给几句好话就不知道东南西北，替人顶缸这种事，她绝对干得出来，还觉得自己义薄云天。”凌青不依不饶，一边损着婉丝，一边跟李子墨斗嘴，婉丝纳闷她这种性格跟情商，是怎么爬上高位的。

“我就问你，那个电炉子是你的吗？”

“不是。”

“不是你的，让你去偷？”

“人家拿出来给大家用的——你这人心理太阴暗。”

凌青对杨浩说：“听见了吗？知道她有多傻了吧？你可别欺负她，别骗她。”

杨浩说："婉丝挺可爱的。"

大家一笑而过。烤肉很快就吃得差不多了，杨浩还帮大家烤玉米和茄子，应凌青的要求，给她烤两串大蒜。天色过午，阳光暖洋洋的，凌青说起她最近在潜水方面的进步，上个月她在上海集中上了两天课，要考个新的证书，据说在国内有同样资质证明的人不超过五个。她已经感到孤独，能跟她一起玩的人越来越少了。

"哪天我不干了，就找个海岛去当潜水教练，"她说，"开个潜店，雇几个人打理，我只管收钱。做个小生意最舒服了。到时候你们都得来帮忙。"

"你的理想一会儿一变。"婉丝说，转向李子墨，"几年前，她还会说，要早点嫁人生孩子。"

"人会变嘛，我这辈子估计也不会生孩子了。"

李子墨笑笑，没说话。婉丝知道，凌青对婚姻爱情的看法发生变化是因为一次全心投入而最终分手的恋爱，自那以后，她就开始玩各种感情游戏，迷上潜水，男朋友换了一个又一个。李子墨说："这就叫一个人伤你的心，你报复全世界。"

"我对你不好吗？"凌青佯怒。李子墨说："反正我做好了被分手的准备，到时候不会太伤心，你不必有负罪感。"

凌青赞同地点点头："承诺嘛，就是彼此互相拖累。这样多好，什么叫负罪感？我不知道。"她坚定地认为，婚姻制度是落后的、原始的，一定会随着社会发展而慢慢消亡，她只是先行一步而已。

最后，烤炉熄灭了，李子墨和杨浩把炉架和剩下的炭火收拾起来，凌青和婉丝进屋去烧水，要喝凌青带来的普洱茶。杨浩的茶具又被凌青评论了一番，婉丝觉得她可能有某种程度的恋物癖，凌青的理论则是："你不知道物质比人要忠诚得多吗？"

情感受创的后遗症，婉丝想，没有说出口，李子墨或许能够医好她。茶味温厚，凌青用热水浇过的小瓷杯泛出油润的光泽，杨浩坐在婉丝身边，很自然地握住她的手，婉丝觉得他也像一杯不凉不烫的茶，什么都是刚刚好，这段感情似乎来得太顺利、太理想了，美好得像个圈套。

她的这些忧虑也曾经说给凌青听，对方的回应简单而干脆。"胡思乱想，不予置评。"凌青说，"杨浩很好，你放心，将来我还要重用他。"

杨浩在小院里过周末，婉丝本来是要留下来的，老板要她周末加个班，只好搭凌青的车回去。她坐在副驾位上，李子墨在后座上睡着了，鼾声响起。凌青一边开车，一边继续长篇大论地发表看法："你的问题在于想得太多，行动太少。工作不顺，想跳槽，听你念叨了大半年，也没什么动作；杨浩追你，你一会儿想东，一会儿又想西，到底喜欢不喜欢，你自己最清楚了，还跑来问我。他这个人已经摆在那儿，让你翻过来倒过去地检查过了，你还不知道他是不是真心？遇见你这种闷葫芦，换个人早就撤了。"

婉丝不语，望向窗外。凌青永远有理，可事情并没有她说的那么简单。她决定以后不再跟凌青讨论感情问题，压根儿就不在同一个世界。凌青的车开走了，她和李子墨今晚另有节目，叫婉丝也一起来，婉丝不想去当电灯泡。晚上，杨浩打电话来，问她在做什么，她正在用一只小奶锅煮挂面，往里面加两个鸡蛋和一小把菠菜，杨浩说他后悔了，应该跟大家一起回来，一个人住小院太冷清了，只有邻家传来的几声狗叫。

他喜欢狗，问婉丝喜不喜欢，婉丝就提起自己家的那只老灰狗。她说，杨浩就听着，不打断她，也不提问题。他擅长倾听，默默消化，怪不得能跟凌青合作愉快。忽然婉丝觉得自己说太多了，连家里的烦恼都和盘托出，意识到这一点，她就停了下来，他还在等。原来沉默也是有分贝的，电波里的无声密语，婉丝刚想说点什么，打破这个微妙的时刻，就听见有人在敲门。

她赶过去开门，看见杨浩正在挂断手机，这种哄小女孩的把戏用在她身上，居然十分奏效。杨浩说他还没吃晚饭，问有没有他的份。婉丝把一碗面分他一半，鸡蛋也给他一个，像猜到他会来似的，两个人挤在厨房的灶台边一起吃，吃得稀里呼噜。杨浩说在他吃过的面条里，这碗可以排进前三名，婉丝不信，他就说，排第一的是他妈妈做的，第二是他爸爸的手艺，第三就是婉丝煮的这一份。他的语气很真诚，像在说一件很平常的事，婉丝说，那可是太荣幸了。

厨房狭小，杨浩帮她洗碗，婉丝给他穿上自己的围裙，是用一条旧牛仔裤改的，穿上后，肚子上贴着两个带铆钉的口袋，婉丝把手插进围裙的口袋里，抱着他，手指碰上什么东西，拿出来一看，是五十块钱，皱巴巴的。杨浩说他父亲刚刚辞职做生意的时候，家里过得很节省，有一次他从洗过的衣服里掏出三块钱，像得了横财似的，跑出去给自己买了冰激凌，那是他吃过最美味的冰激凌。

“好事总是出于意外。”婉丝说，找出自己的钱包，把钞票抚平，小心地放进去。杨浩比她高半个头，穿着一件厚棉线的衣服，上面织着一个一个小方格，微微的旧，触感柔软。他的手刚刚擦干，潮而凉，带着洗涤剂的味道，被他亲吻的时候，婉丝想说："你也是个意外。"念头一闪，尚未形成语言，就被他的热情冲散了。独处的时候，她心里有许多问题要向杨浩提起，见到他，又觉得什么都不必说，一切交给他就好了。

4

十二月，天气一天比一天冷，杨浩每天都来接婉丝下班。婉丝近来经常加班，她在这里做了十年，算是老员工，公司近来的变化是她没经历过的。她一直觉得大公司是很稳定的，现在，业绩不理想，年度目标没有完成，老板需要向上边有所交代，裁员的风声越来越紧迫，婉丝在人力资源部，同事过来向她打听，有些话她不方便说，只好打起官腔，自己都觉得自己是资本的帮凶，嘴脸可恶。

从去年开始，就有很多老员工主动离职，到了年底，办公室里风声鹤唳，高层们整天开会，依然有刚毕业的年轻人来入职。婉丝虽然不在业务部门，也觉出大家人心浮动，有些干脆消极怠工，尤其做销售的那些人，反正今年的任务铁定完不成，年终奖无望，不如留一点需求到明年，图个开门红。这些人多半和婉丝一样，只经历了中国市场的上升、业绩好、收入年年上涨，大家都没有过苦日子的心理准备，很多人还存着侥幸的心理，比如婉丝，她一直觉得，这么大的公司，世界五百强，不会那么轻率地裁员。

很突然地，一封邮件下达通知，随后划出一间小会议室专门做离职谈话，婉丝和她的老板梅丽就一道忙了起来。梅丽告诉 Vincy，谈话要快，要简洁明了，没时间安慰或者做什么心理辅导，那是他们自己的事，你不是做决定的人，只负责传达消息。婉丝当然有她的专业姿态，然而面对着一个个熟悉的名字，依然觉得难过。那些人在接到她电话的时候就已经猜到结果，脸上藏不住的失落、不甘，甚至愤怒，对补偿方案不满意或者要求见老总的，形形色色。研发部门是重灾区，裁掉了一半还多，有些人是她去年刚招来，今年就被裁掉，高管们决策失误，不过是调个职位，而普通的员工就像淘掉的沙子一样被放弃了。

她向杨浩抱怨，这件事做得太难受了，杨浩却觉得婉丝没必要为这个纠结。“只是一份工作而已，”他说，“东家不打打西家，哪儿有一成不变的铁饭碗。”

“不是所有人都像你一样，”婉丝说，“大家都是漂在这里，就靠着一份工作，说没就没了。快过年了，这时候裁员真是没有人性。”

“怎么不一样？我也是北漂啊。”

“你？你在北京混不下去，抬脚就可以回家，你父母照样养着你，别人有你这样好的条件吗？”

杨浩抿着嘴，不说话，半晌才开口：“我没花我父母的钱，你这么说对我不公平。”

婉丝不想争论，就不说话了。过后，她跟凌青打听过杨浩的收入，凌青说出一个大概的数字，把她吓了一跳，问：“你们公司薪水这么高？”

“他有他的长处。”凌青说，“我们在海南做项目，跟当地政府打交道，很多事情要靠他，你知道他那个亲戚是能说得上话的。”

婉丝觉得，杨浩虽然收入高、工作轻松，但是这样下去对他并没有好处。凌青出高价养着他，无非是看重他家里的这点关系，可是就像杨浩自己说的：哪儿有铁饭碗？他把自己渐渐荒废掉，将来怎么办呢？

她把这些想法说给杨浩，杨浩就笑着说："你怕我以后失业，养不起老婆吗？"婉丝不觉得这有什么好笑的，见他笑嘻嘻的，也就不想再多说，显得自己好像心急要嫁人，还替人家操心未来，谁知道人家的未来里面有没有自己呢？

杨浩说："你最近压力太大了，心情也不好，就想得太多。出去玩玩，回来就好了。"这天是星期六，傍晚，两个人在电影院的大厅里等着开场，下周五婉丝就要和凌青一道出发去塞班岛，圣诞节前才回来，这周末他们决定要好好度过。

两个人正坐着，婉丝怀里捧着大份的爆米花，突然听见一个女声清脆地喊道："杨浩，这么巧！"她抬头，看见一个年轻女生笑眯眯地走过来，圆脸、皮肤很白、卷发过肩，杨浩站起来，给她们介绍："婉丝，小严，小严是我同事。"

婉丝在想，上次她和凌青偶遇杨浩，和他在一起的那个女生，是不是小严呢？

小严跟他们看的是同一场电影，爱情片，她是一个人来的。婉丝微笑着听他们寒暄，杨浩跟她很熟的样子，一会儿电影开场，三个人一起进去，找好各自的座位，小严在他们身后，隔了两排。电影不太好看，婉丝中间还睡着了一会儿，醒过来再看，前后剧情更接不上，莫名其妙地就要结束了。她想问杨浩，这个男的为什么又跟那个女的在一起了，他俩不是分手了吗？却一眼瞥见杨浩正低头看手机，忙着打字。她一凑过去，他就把对话框忙着关掉了。婉丝什么也没问。

电影结束了，开始出字幕，婉丝无意间转过头，向后面看了一眼，正好对上小严直视的目光，好像她已经盯了很久似的。这一秒两人都有些尴尬，小严冲她笑笑，婉丝回过头，杨浩已经站起来，帮婉丝拿着皮包，两个人随着人流走出放映厅，再找小严，已经看不见了。

杨浩带她去一家新开的烤肉馆，他忘了预先订位，拿了号在等。排队的人很多，店门外的圆凳几乎坐满了，剩一个座位，杨浩让婉丝坐了，自己站着。婉丝问他："小严是跟你一个部门吗？"人多，乱哄哄的，他没听清，婉丝又问一遍："小严是你办公室的同事？"

"是啊。"他简短地回答，店里在广播叫号，他拿起那张单子又确认一遍，其实还早着呢。婉丝问："你跟她很熟吗？"

"一般吧。你渴不渴？"

婉丝本来不渴，她想了想，说："渴了。"杨浩就去旁边的奶茶店排队买饮料，看得出他很乐意走开一会儿。婉丝从包里翻出手机，发微信给凌青。她没有直接去问，而是装作闲聊，说刚才在电影院碰见你们公司的小严。

凌青只是回复："怎么了？我在忙。"

婉丝吐了口气，杨浩买了她最喜欢的奶茶，热的，不加糖，婉丝身边空出一个座位，他也坐下来，亲热地挤过来，无缘无故地吻她额角边的碎头发，过一会儿又说，我找地方抽根烟，说着就把等号的单子塞进婉丝手里。他抽烟，但是并不算特别上瘾，心里有事要琢磨的时候，才会抽一根。身边的凳子上立刻有人坐下来。

烤肉很好吃，他们点了一桌子，根本吃不完，剩下的都冷了，腻在盘子上，婉丝觉得她明天都不用再吃饭了。餐厅里放着音乐，客人又多，很吵闹，两个人隔着桌子说话，彼此总听不清，干脆不聊了，专注于吃。结完账走出来，杨浩说他再也不想来，环境太吵了，婉丝觉得这里价格很实惠，怪不得生意好。

通往停车场的电梯里也挤满了人，周末约会，找个清静的地方真不容易。直到坐进车里，婉丝才松了口气，杨浩迫不及待地打开音乐，婉丝说："我想清净一会儿。"

音乐停止了，车开出去很远，在等一个红灯的时候，杨浩说："小严跟我，怎么说呢，我们俩差点在一起。"

"这没必要跟我说吧。"

"我不跟你直说，凌青跟你胡说八道两句，我蒙了冤都不知道。"

"哈，你背后说老板的坏话，我要告诉她。"

"小严知道你，"他说，"全公司的人都知道你。我把你织的杯垫放在办公桌上，他们都说好看。"

婉丝被他的孩子气逗笑了。她没有继续追问，刚才在影院里，他跟小严在微信里说了什么，因为这种问题实在破坏气氛。他们去了杨浩的家，他租了一处高层公寓，从卧室的窗户向外望，看得见国贸的粼粼灯火。

晚上，杨浩睡着了，手机就在他那边的床头柜上，充着电，婉丝拉过被子盖住自己的肩。室内很温暖，杨浩的胳膊在被子外头，起初他是抱着她的，后来就松开手，找到舒服的姿势去睡。婉丝穿着一件新买的吊带绉丝睡裙，轻盈得像水，又像一层月光，而她的身体则是沉重而凝滞的，像水底的礁石、月下的暗影，影子下了床，在房间里移动，脚踩在地板上，不发出一点声音。

她知道密码，这实在是猥琐的，但是她就是知道，无意中看见他输入密码解锁，无意中记了下来，过目不忘又不是她的错，眼下正好有用。她坐在床边的一把椅子上，柔滑的衣料包裹着她，像一阵阵带着爱意的抚摸，温存而甜美，仿佛此时此刻，她做什么都是对的。

她输入密码，打开杨浩的手机，屏幕的亮光照在她脸上，一小块白，手指顺畅地滑动着。小严问：她是不是黄婉丝？杨浩答：是，我女朋友。小严又说：长得挺好看，她比你大吧？杨浩发了个笑脸，没说话。小严追问你们是怎么认识的，杨浩告诉她是在海南，对方就发了一串语音过来。婉丝盯着那些红点，猜测里边说了什么，同时也为自己的行为感到羞耻。杨浩的呼吸很均匀，她把手机轻轻地放回去，原来的位置、原来的角度，看着屏幕重新锁定，他一动不动的，还在睡梦中。婉丝有些失落，因为她什么也没发现，同时也怀着一丝庆幸和悲凉，她不知道自己为什么会变成这样的人，在深夜里，做贼似的偷偷摸摸——假如她撒个娇说，杨浩，我要查你手机，或许他也会同意，但是她做不到，说不出口，她清楚地知道这种行为有多可笑，又有点可怜。她回到床上，拉过被子，盖在微凉的肩膀上，杨浩翻过身来，热乎乎的膝盖碰到她蜷缩的小腿。她合上眼睛等着睡着，那些小红点还在眼皮里跳着闪耀，而她只想快点入睡，也许明早醒来，就把这件事都忘掉了。

早晨，拉开窗帘，阳光灿烂异常，婉丝被杨浩摇醒，过了几秒钟，她才明白自己身在何方。他张罗着去做早饭，厨房里传来煮蛋器的铃声，咖啡机在工作，微波炉在响。作为一个单身汉，杨浩能把自己照顾得挺好，他自己打扫屋子，经常做饭，卖相都还不错，他说自己将来结婚，一定不会在家务上拖累老婆，不会让她从自由自在的单身状态变成一下子要照顾两个人。有时候，婉丝忍不住要想，这个家伙究竟经历过多少女人，才能学得这么乖。

吃过早饭后，他们决定找一部好看的电影来洗洗眼睛，在他的蓝光影碟里翻来翻去，最后找出一部热闹的动作片，不需要太多脑子和注意力，作为谈恋爱的背景音再好不过。沙发深而软，音箱挂在她身后的墙上，杨浩说，小严昨天给我发微信，说你长得漂亮。

"那你说什么？"

"我什么也没说。"电影开始了，他们好一会儿没有说话，直到一辆汽车从悬崖上跌落，爆炸的猛烈火光充满整个画面。

"你到底在纠结什么？从昨天晚上开始。"杨浩拿起遥控器，按下暂停。

"我什么也没说，是你主动说小严是你前女友的。"

"我们没在一起。"杨浩说，"我看你不高兴，怕你乱想，我才说的。"

"我哪有不高兴。"

杨浩凑近她："婉丝，我知道你是怎么想的。昨天晚上你一直冷淡，平常不是这样的。"

婉丝只是说："别装作很了解我。"

"我当然了解你。"杨浩不明白，为什么她的语气变得那么不耐烦，好像说自己了解她是多大的冒犯似的，"你有什么秘密我不知道吗？"

婉丝忽然意识到一件事，一个意料之外但极有可能的事实：杨浩和吴晓虽然看起来很不相同，其实他们是一类人。对身边人，他们只满足于表面的和谐、轻而易举的快乐。自以为对女人尽在掌握，才能够轻易地说出“我当然了解你”这样的话。

婉丝想：这可是大错特错。不过，想着昨晚那件亏心事，她不想再纠缠这个话题，哄着他说：“行啦，我都放下了，你还抱着她不放。”

这件事略过不提了，虽然两个人心中各有芥蒂，但是剩下的时间总归是愉快的。到了晚间，婉丝要回去，杨浩送她。在车上，他提出让她搬过来住的建议，婉丝没答应，给出的理由是租房合同还没到期，杨浩就没有多说，带着一点落寞的神情看着她解开安全带，再一次地说：“婉丝，你有什么想法就跟我直说，别让我猜，行吗？”

她说“行”，然后就下了车。杨浩不知道她其实做贼心虚，还以为是自己得罪了她。昨天在电影院里，他跟小严发微信的时候，被她看见了，他后悔不该做贼似的关掉，让她看见也没什么，越藏着，越说不清。不过，这些念头只是一闪而过，他不会花太多时间去揣度别人的心思，尤其是女人，她们擅长把简单的事情搞得很复杂，任由情绪滋长，模糊了事物的本质，婉丝也不例外，只能等她自己恢复过来。也许她明天就会好，变回那个温柔可爱、善解人意的黄婉丝。

5

星期一，婉丝整天都忙着做离职谈话，把一个名叫李芸的女孩留到最后，这是出于她的一点私心。李芸是她招进来的，来自同一个省份，算同乡。本科毕业的小女生，第一份工作就在这里，两年多了，在公司人缘不错，业绩也好，被裁无论如何不是她的错。

李芸的父母每次来北京看她，给她做的腊肉、腊鱼，她都给婉丝带。婉丝吃到家乡味，心里还是感激的，承她的人情。李芸年轻心热，经常跑到 Vincy 姐的办公室来，有时候给她送点零食，有时候找她一起吃午饭。那段时间 Tom 刚走，新上司跟婉丝不是很合拍，婉丝也不想跟自己部门的人说闲话，跟李芸说说无妨，反正她职位低，内部人也不熟，没什么大影响。

在交朋友这件事上，凌青说过她“总是很被动”。凌青是对的，无论对方是谁，婉丝总是被选择的那个，谁对她好，她就不由自主地也对人家好，关系就热络起来，尽管这热络可能有些言不由衷，因为婉丝不懂得如何不伤情面地拒绝别人，即便一开始并不投缘，久而久之，假意也有了几分真心。

她打电话给李芸，李芸说手头有点事，忙完了再过去。李芸的声调不似往常那样嗲嗲的甜蜜，撒娇似的叫她 Vincy 姐姐，而是很简单地沟通几句，说自己十五分钟之后准时到。婉丝独自去茶水间倒咖啡，这几天公司的气氛实在压抑，同事们见到她，笑容都少了几分。

她一边等咖啡，一边刷着微信，凌青发微信给她，叫她记得收拾行李，买两套好看的比基尼，要穿在潜水衣里面。婉丝捧着两杯热咖啡回到办公室，一杯留给李芸，她不想把事情搞得那么官方、那么无情。李芸来了，高跟鞋，西装，不似她平常的随意模样，倒像是来面试的。

婉丝往李芸的咖啡里加了三块糖，表示自己了解她的口味，她们依然是朋友。李芸说谢谢。

婉丝向她解释公司战略调整的情况，其实这些话她没必要说，官话谁都会说，那些冠冕堂皇的名词安慰不了人，反而像是搪塞或者找借口，尤其是对李芸这样拿过优秀员工奖的人来说，莫名其妙地被裁掉，听起来像个笑话。李芸一边听，嘴边泛起一丝嘲弄似的微笑。

“我明白了。”末了，她很简单地回答，“那我先走了，一会儿还有个面试。”

“好的，好的。”婉丝说，原来人家早就未雨绸缪，平静地接受了变化，自己却在公私不分地替人家纠结。李芸没喝那杯咖啡，她走之后，婉丝拿去倒掉了。她发微信给李芸，祝她有个好前程，过了半晌，李芸才回复：谢谢。当时，她正站在商场的泳衣品牌专柜，选了一套样式很简洁的比基尼，运动风格，有折扣，正犹豫着要不要买，凌青打电话过来问她有什么事，凌青说从下午开会直到现在，没接到婉丝的电话。

她提到了李芸，问凌青公司有没有合适的岗位，这姑娘现在急着找工作，凌青想了想，说暂时没有，不过可以留意。挂断电话之后，婉丝结了账，就这么两三片布，要几百块，她有点心疼，但是自己头一次出国旅游，去美丽的海岛，买就买了。跟杨浩在一起之后，她的消费观念也有点变化，用凌青的话说，就是“开始像个女人了”。

周三晚上，她开始收拾行李，衣服带得不少，装满一只不常用的小拉杆箱，带在身边，看上去就像个举止利落、经济自足的单身姑娘。杨浩手头有一些美元的现金，婉丝跟他换，他要直接给她，她不肯，非要微信转个红包，按当天的汇率计算，不收就要翻脸。

杨浩说：“你这何必呢。”

婉丝觉得，感情好不好，不在这些事上，万一将来分手，她什么也不欠他的。她把随身的现金和护照装在一只小手袋里，东西收拾停当，明天再上一天班，后天就出发。

离职谈话终于告一段落，大家都松了口气，办公室的工位空出来不少。她的上司去上海出差了，下周才回来，婉丝今天只是随手整理工作文档，发几封邮件告知自己休假，然后便闲下来，给自己办公桌上的仙人掌浇水。她养的花总是长得比别人的好些，这几乎是一种特殊体质了，深绿的刺球上顶着一朵浅黄色的小花。

手机响起来，是一个陌生的号码。她随手接起来，里面的人说着乡音，问是不是黄婉细的姐姐。

婉丝拿着电话一直听，对方一口气把事情说完，她才“嗯”了一声，似乎反应迟钝。对方又问她什么时候回来，越快越好，她想了想，就说，那明天吧。

她订了火车票，然后退了机票，退不回几个钱，又打电话给凌青，简单说明缘由。凌青问要不要她也陪着去，婉丝拒绝了，说自己能处理好。不一会儿杨浩也打电话过来，她走出办公室，在公司外面的走廊拐角处，靠着安全出口的楼梯，男同事常在这里吸烟，这会儿正好没人。她说着说着，差点就哭出来，杨浩说：“我陪你去吧，我跟凌青说一声就行。”

6

次日傍晚，他们走出火车站，坐上通往县城的大巴。天气晴朗，道路两侧是灰黄的土地，大巴车上响着音乐，婉丝听得烦躁，对杨浩说：“这一趟车，不知道为什么总是放一样的音乐。”

车开了几个小时，杨浩有点犯困，头偏向婉丝这边，路灯的光影在他脸上缓缓移动，他闭着眼睛，不一会儿呼吸就变得均匀。婉丝毫无睡意，头一阵阵地痛，整车人都寂静无声，或者闭目养神，或者对着手机发呆。直到车窗外浮现一片密集的灯火，县城到了，婉丝叫醒杨浩，两个人下了车，叫了一辆拉客的电动三轮车，去婉细的学校。

杨浩看着窗外，没话找话地说："这儿挺繁华的。"

婉丝很久没来过了，每次回来只是在家里待着，不来县城这边逛，好多地方都不认识。她告诉司机婉细学校的名字，结果人家给拉到了原来的初中部，门口的保安又重新指路，原来高中部早已搬家了，又转了十几分钟才找到。

下了车，往校门口走的时候，婉丝没头没脑地说了一句："刚才那个保安大叔还认识我呢。"仿佛是为了掩盖心中的紧张。她高中考到省里的重点中学，没在这里念，是那一届成绩最好的学生。

她一边给昨天联系过的老师打电话，一边和杨浩一起走进学校主楼。楼高轩敞，灯火通明，她按着指示来到三楼，找到教导主任的办公室，经过的那几间教室都有学生在上课，毕业班，到晚上还在补习，整栋楼里有种肃穆的气氛。

婉丝让杨浩在楼道里等，她觉得在这种情况下，没必要再多一个陌生人，给婉细增加压力。

教导主任的办公室是独立的，在三楼走廊的尽头。门虚掩着，婉丝推开门，里面一股浓重的烟味，几乎呛眼睛，她一眼就看见婉细坐在一排灰色金属文件柜前面，穿着宽大的校服，眼睛看着地面，姐姐进来也没有反应，旁边的椅子上坐着一位女老师。办公桌后面，一个中年男人掐灭烟头，站起来自我介绍，给婉丝打电话的周主任就是他。

说了一会儿，婉丝搞清楚他们的用意，要婉细说出那个男生是谁，毕业班的学生全部寄宿，肯定是校内的人。婉细仍旧低着头，好像这些谈话都跟她毫无关系。婉丝走过去，拉一把椅子坐在她对面，看见她校服裤子的膝盖上有细小的破洞，两只手紧紧扭在一起，暴露了她的内心并不像表面那么平静。

“班里的同学？”婉丝轻声问。妹妹摇摇头，好像小时候她刚挨了打，婉丝问她，疼不疼？她也是这样摇头。

“他强迫你了吗？”还是摇头。

那位陪在婉细身边的女老师，她的班主任，开口了：“黄婉细这学期总是心不在焉，是因为谈恋爱吗？”语气听起来不是在提问，而是在下结论。婉丝觉得，也许他们不在场，婉细会愿意说实话。

“成绩掉得很快。这么下去，你怎么考大学？”班主任还在说。

“你说出实话来，学校不处分你。”周主任说。

婉细说：“我们是自愿的，他没强奸，是谁有什么关系呢？”

这种谈话注定是死胡同，婉丝想，克制住大骂黄婉细甚至给她一耳光的冲动。十七岁，高中生，怀孕了，还能如此镇定地反问别人。

“有几个星期了，我看着不对劲，叫来一问，她就承认了，”班主任说，“就是不说男的是谁。”

婉丝想带她走，当着外人的面，什么也问不出来。她代婉细向学校请了一周假，保证一周后会带婉细回来，事情会得到解决。婉细跟着她走出办公室，杨浩在走廊尽头等着，他告诉婉丝，刚刚订了附近的一家旅馆，婉丝说，再加一间房吧。

一路上，三个人静默无言。到了旅馆，杨浩独自住一间，婉丝带着婉细在隔壁。房间很简单，只有一张大床、两把扶手椅，家具都是旧的，只有液晶电视看起来很新。婉细不声不响的，坐在床沿上，居然还拿起遥控器。

婉丝一把就拔掉了挂在墙上的电源线。刚亮起来的屏幕熄灭了。

“快五个月了，”婉丝说，“你自己是知道的，为什么不告诉我？”

“我怕你生气，我不知道怎么跟你说。”

婉丝气极了，反倒笑了起来：“那你打算怎么办呢？把他生下来，生在学生宿舍里，让自己活成一条社会新闻，是吗？”

“我不知道啊，姐姐，我不知道。”

婉丝跌进一把椅子。婉细十七岁，离十八岁还差七个月，一句“我不知道”，就能打发很多责任，这就是未成年的好处。

“他知道吗？”她换了一种盘问的方式，语气和缓下来。

“我没告诉他。”

“对人家倒是挺负责。对自己，对我，你有一点责任心吗？”

婉细沉默了，声音极低地说：“姐，我还想考大学，我也不知道怎么会这样。”

婉丝忽然想起一件事，问她：“妈知道吗？”

“不知道。我给学校的联络人是你，你别让妈知道。”

婉丝想，至少事情还在可控的范围内。碍于名声，学校也不想闹大，悄没声息地解决就完了，婉细还要高考。县城里只有一家医院，她决定明天就带婉丝去。

晚上，姐妹俩躺在大床的两边，从前婉细小的时候，晚上睡不着，会小声地叽叽喳喳说个不停，今夜她一句话也不说，两个人都睡不着。过了很久，婉丝说："你喜欢他吗？"

"有一点喜欢。"

"一点喜欢。"婉丝低声重复着，把手背搁在额头上，叹了口气。

"他说试试，问我敢不敢，我说敢。"

两个少年人就这么轻易地在一起，婉丝想，懵懵懂懂、糊里糊涂，她后悔这两年没有多跟婉细聊聊天，至少应该教婉细一点常识。这些高中生，整天被关在学校里，不准用手机，不准上网，以为隔绝外界就可以造就一心一意只会读书的学生，结果呢，他们既冲动，又无知，闯了祸还不以为意。

她觉得自己作为姐姐，对这件事负有责任，有了这个念头，对婉细的怒火就渐渐平息下来。她走进卫生间，用冷水扑上自己的脸，外面有人敲门。她拿起旅馆的毛巾随便抹一把，开门见是杨浩，他刚刚下楼买了晚饭，还热着，婉丝接过来，没有邀请他进来的意思。杨浩问她明天怎么安排，她只说：去医院。

饭盒摊开在一张小圆桌上，婉丝和婉细静默无言地吃着。婉丝没有胃口，还没吃完一半，婉细那碗面已经空了。婉丝把自己碗里剩下的也倒给她，不一会儿她就全吃光了。

吃完饭，婉丝让妹妹去洗个澡，她顺从地走进卫生间。婉丝把饭桌收拾好，杨浩打电话过来，问她在做什么。

"还能做什么，准备睡觉呗。"她把垃圾袋系好，放在房门边上，一边说。

"没有想我吗？"

婉丝有点哭笑不得："没心情闲扯。"

"凌青已经到了，你看见她发的朋友圈没有？你这次没去成，下次咱们一起去吧。"

婉丝知道他是想哄自己高兴，为了不辜负好意，她顺水推舟地微笑起来，说："行，下次我们一起去。"

杨浩又说了几句，感觉婉丝的声调恢复了平常的愉快，就放了心。婉细从浴室里走出来，婉丝挂断电话，婉细说："姐，他是你男朋友吗？"

婉丝没有回答，从床头柜下面找到一双纸拖鞋。卫生间很冷，水流很细，温温的，越洗越冷，纸拖鞋湿透了，粘在脚上。等她裹着一条干硬的大毛巾走出来，婉细已经躺在床上了。

"他是我男朋友，上次那个早分了。"婉丝一边穿衣服一边说，"你明天去做手术，休息两天就回学校。"

婉细没出声，等婉丝也躺下来，她转过身，面对姐姐，说："我害怕。"

从前，婉细说害怕，婉丝会搂着婉细，直到婉细渐渐睡着，而此刻她盯着天花板，那上面有不规则的裂纹，她盯了很久，似乎想从里面看出什么预兆，她说："我也害怕，从小到大，谁安慰我了？"她心里有气，脱口而出的话就像个小孩子，婉细不言语了。

"今天在路上，我就想，我不管你上大学了。你不把心思放在学习上，没必要勉强，出去打个工，机会多的是。"

"对不起。"婉细低声说。

婉丝想说，你对不起的是你自己，不是我。她有一百句话可以教训婉细，到嘴边也只剩下：“睡吧，明天要早起。”

第二天上午，婉细进了手术室，婉丝收到一条短信，是婉细的班主任发来的，大意是说，她了解班上的学生，婉细的男朋友是谁，其实她是知道的，之所以没有捅破，是不想把事情扩大，影响高考，希望黄婉细能够吸取教训，还有大半年的时间，成绩追上来，争取考个好大学。

她把这条短信给杨浩看，杨浩说：“这是怕我们找事，说不定，就是她让婉细什么也别说的。”

婉丝苦笑，只觉得疲惫。他们在旅馆里又住了三天，婉细恢复得很快，临走前，婉丝送她回了学校。杨浩问她：“既然来了，你不要回家看看吗？”婉丝简洁地说：“不要。”

“不如你回去看看，春节就不来了，咱们出去玩，怎么样？”

婉丝想想，他说的倒也有理。对她来说，家就像个黑洞，深险无边却引力巨大，粉身碎骨也逃不出去。她不想见父母，却又被杨浩的一句话说动，“春节咱们出去玩”。她忘了她是长了脚的、自由的，根本不必勉强。有时候，人就是转不过自己那道弯。

他们搭上一辆黑车，到村口继续往里开，这两年修了道路，不像从前泥泞。这时候不年不节，村里的人很少，年轻人都不在家里，显得冷冷清清。婉丝家门前有一棵枯死了的歪脖树，早该砍掉。两个人绕过一堆沙土、脚手架、水桶，走到院门前，婉丝的爸爸刚解完手，从挨着院门的茅房里走出来，一只手还在整理衣角——他没有喝酒，神志清醒的时候，是很整洁的一个人。

“爸。”婉丝叫道。家里的老狗看见她，兴奋地汪汪起来。

黄德炳见她，就高声叫老婆出来。婉丝的妈妈李文华从厨房里走出来，手还湿着，说："你怎么回来了，不上班啦？"

"我出差，顺路过来看看。"她随口就撒了个谎，自己也不知道为什么，自然而然地脱口而出，介绍杨浩的时候，她说是同事。

德炳看看杨浩，热情起来："进屋坐，进屋坐。"文华让婉丝帮她去洗菜，她再去买点肉。婉丝说不用了，下午她就要走，明天还有事。

"有什么事？"

"公事。"

"他是谁啊？"

"是个同事。"

"那个吴晓呢？"

"分手了。"

文华抓起一把洗好的青菜，湿漉漉的，放在案板上，婉丝拿起洗过菜的水盆就往院中倒去。今天冷得可以，厨房没有取暖，文华的手指都是通红的，缺损的半根手指在握东西的时候，特别显眼。婉丝说："我上次买的塑胶手套怎么不戴上？"

"戴那个就不会干活了。"

婉丝说："二叔家盖房，怎么东西都堆到咱们家门口？"

"故意的呗，要显摆，"文华说，"你爸说，明年他也盖房。"

婉丝没有搭话，近两年，村里不少人家盖新房，两三层小楼都不稀罕，二叔家跟自己家有宿怨，因为当年为了奶奶的养老问题，妈跟二婶对着骂过，两家多年不来往。

"我爸还去赌吗？"

“不赌了，”文华说，脸上高兴了些，“他给人看店。”

“那怎么白天还在家里？”

“下午去，下午才有人。”

婉丝觉得不对劲，追问：“他看的什么店？”

“麻将、扑克，都有。”

婉丝长出一口气，行吧，这也算是进步，至少他不下场了。

“你上次回来说他，他真的改了，”文华说，“连酒也喝得少了。”她弯腰去柜子里拿个盘子，又说：“你这鞋怎么这么旧？”

婉丝答：“穿着舒服。”

“你从北京回来，应该穿好一点，又交了男朋友，他给你买东西吗？”

“您说，怎么才算穿得好？”婉丝没有否认“男朋友”的说法，但是真心不想回答文华的问题。

“你不会穿个高跟鞋，烫个头发的？”

婉丝不想跟她多说，正好杨浩来了，在厨房门口探探头，说：“阿姨，需要帮忙吗？”

“不用不用。”文华对婉丝说：“你也出去吧，在这里碍我的事。”婉丝走了出来，杨浩说：“你没说我是你男朋友吧？”

“我没说，不过我妈猜出来了。”婉丝想，难不成他现在就后悔了？

“我空着手，没带礼物，太不像话了。”

“没关系。”婉丝笑了，“咱们吃顿饭就走。”

中午，德炳喝白酒，婉丝刚要说他，他扬扬手，说：“我不多喝，杨浩也来点儿。”他给杨浩倒了一杯，文华炒几个菜，都摆上桌，转身又进了厨房。

杨浩还问，阿姨怎么不过来吃，德炳挥挥手，说："别管她。你是客，你先吃，这是我们家的规矩。"

整顿饭，文华都没出现，婉丝去叫了两次，她不肯来。德炳喝得确实很克制，当着外人，他的礼貌也很好，杨浩懂得如何应酬陌生人，两个人居然聊得不错，婉丝悬着的一颗心渐渐放下来。

饭后，德炳从口袋里掏出一个皱巴巴的烟盒，问杨浩要不要，杨浩连忙掏出自己的，让给德炳一根，又凑过去帮他点着了，自己也陪着抽。

"你这个烟好抽。"德炳说。

"我下次来给您带两条。"杨浩说，婉丝站起来，帮着文华洗碗去了，她刚刚在厨房吃了饭。

婉丝拿出差当借口，两个人下午就离开了。在火车上，杨浩抱怨婉丝，怎么老把他一个人丢下来，不知道聊什么，很尴尬。

"真的？你跟我爸不是话挺多？"

"因为一沉默就尴尬，只好不停地说。"杨浩说，婉丝表示理解。刚才在车站的商店里，他们买了一些吃的，火车上吃零食，总是特别美味。婉丝剥掉一个小蛋糕的纸托，一口咬掉大半个，好像这几天都没吃过饱饭似的——还真是，婉细闹出这种事，她根本食之无味。

"你爸跟我说，他明年要盖新房，工人都找好了。"

婉丝慢慢地嚼着，好容易咽下去，"他还说什么？"

"没有啊，就是闲聊。"

黄德炳跟吴晓提过，算是嫁女儿的条件之一，是婚后要出钱给他盖新房，吴晓不肯，几乎谈僵了，从那时起，他和婉丝就有了裂痕。

经济上的事，婉丝从来没跟杨浩提过，当然他也不会问。她薪水不算差，但是跟杨浩比不了，父母都觉得她在北京有大出息，挣大钱，最初几年，婉丝对他们的确是毫无保留的，现在年纪渐长，她慢慢地也多了心眼，知道不能无限制地给钱。好在爸爸不赌钱了，要盖房，这个钱她不能不出，不过，这次她打算等着他们开口，用多少给多少，不能一股脑儿地把积蓄都拿出来。万一要结婚呢？手边得有点钱。她心里头计算着，一边把蛋糕吃完，杨浩忽然提问："婉丝，你想去美国吗？"

她心跳起来，想了好一会儿，说："怎么也要等婉细毕业，有了工作，我现在跟你走了，不放心她。"

"我是说，去玩玩，旅游，不是工作长住。春节本来计划陪我爸妈去美国旅游，正好，你也来。"

婉丝的脸红了，丢死人了。她借着收拾垃圾给自己遮掩，把空的食品包装塞进一只塑料袋，系好口，才说："我没签证。"

"办签证很简单。"杨浩说，他伸出手臂，搂住她，"咱们先去玩玩，你要是喜欢，将来去那边工作长住，也是可以的。你放心，我绝不敢不让你上桌吃饭。"

婉丝被逗笑了，又有点想哭，只能说："我不知道。"

"没关系，"他回答，"没关系，婉细肯定能考个好学校，有个好工作，不用担心她。"窗外的夜晚飞掠而过，她想，等婉细大学毕业，她就三十六岁了，不知道那时候生活会变成什么样。她靠在杨浩肩上，蒙蒙眬眬地睡着了。

7

凌青在朋友圈里晒她的水底照片，五彩缤纷的小鱼和珊瑚，婉丝评论道“下次一定带上我”，她回复一个带泪的笑脸，随后开小窗质问：听说你春节要跟杨浩出门？

“下下周去面签。”

“果然是，”凌青叹道，“一个个的全要结婚。”

“我们只是旅游而已。”

“我希望你们俩好，你能从失恋的坏情绪里面走出来，”婉丝看着凌青的信息，想象着她一边把脚跷上办公桌，边上还摆着一杯外卖送来的咖啡，一边噼里啪啦地打字，“但是没想到你们进展这么快，我要失去你了。”

现在是午饭时间，凌青有秘书帮忙订餐，婉丝没有这份待遇，她也喜欢用中午的时间出去走走。李芸走了，午饭伙伴突然少掉一个。跟谁一起吃午饭其实是件挺微妙的事，几乎每个人都有固定的午饭伙伴。这天她带着部门的两个同事，在一家小馆子点菜，昨夜下过雪，街上撒过盐，融化的冰水混合着尘土，路面湿滑泥泞，只剩下人行道的树底下还有小撮的白雪。

正吃着饭，凌青发了一张餐厅的照片，清酒、刺身，还有窗外的雪景，说：留不住，祝安好。婉丝说，也不至于吧，凌青回道：不是说你，我的助理离职了，去上海找男朋友结婚，苦劝不听，真没办法。

婉丝见过凌青的助理，精明漂亮的姑娘，跟了她也有三年，婉丝没问过人家的薪水，怕自己心理不平衡，毕竟凌青也邀请过自己，婉丝不肯去，是因为不想失去这个好朋友。在人际关系上，她实在不够灵活，一想到朋友要变成给自己发薪水的上司，就觉得又尴尬又别扭，更何况，凌青是那种会支使助理帮自己处理私事的女老板，一副温柔甜蜜的资本家嘴脸。

“你整天让人家帮你喂猫，谁都会想离职吧。”婉丝说。在她看来，这种事完全不合情理，公司的员工，又不是一个人的家奴。凌青每次出去潜水，就把她的短毛猫哈雷托付给助理，让人家每天上门喂食铲屎。

“我教她那么多，她应该感谢我。”凌青说，“唉，你已经跟着美国人混傻了。”

凌青这边要招新人，婉丝想着李芸，就推荐了她。饭后回到办公室，见李芸不在——她下周才正式离开，这几天已经见不到人了。婉丝本来想给她打个电话，想到那天她的冷淡态度，不如写个邮件，简单说有个工作机会，自己可以帮忙推荐。到底用不用她，还是凌青说了算。

李芸几乎立刻回了电话，语气亲密如常，婉丝只说是公司的前同事，后来出去创业，做得不错，想招个助理，具体的薪水待遇，她也不清楚。她这边淡淡的，拿出公事口吻，李芸一个劲儿地说过几天要请 Vincy 姐吃饭。

晚上，凌青打电话过来，她已经看过了李芸的简历，又向婉丝打听这个女孩。婉丝既然推荐了，也就说些好话，哈雷在那边喵喵叫着。

“她喜欢猫吗？”说到最后，凌青基本满意，打算约面试，想起这事，就多问一句。

婉丝记起，李芸在闲聊的时候说过，她讨厌一切带毛的动物，沾上就会打喷嚏，就实话实说：“她不喜欢猫。下次你出门，寄养到我家好了，不要让人家替你跑腿，太不专业了。”

凌青笑道：“哈雷不喜欢陌生的地方。”她是把猫当成儿子在养。最近她发哈雷的照片也少了，因为跟李子墨相处不错，这段关系出人意料地长久，不然，寂寞下来，她就喜欢给猫咪拍照片。

过两天，凌青告诉婉丝，她打算录用李芸，觉得这女孩聪明，长得也好，出去带着有面子。“本人比证件照好看多了。”凌青说，“她那个学生打扮可真土，家里挺穷的，是吧？”

这个话，婉丝不爱听。凌青心细起来，其实很会照顾人，有时候说话就不肯过脑子。她说：“不知道，不太熟。”

凌青没注意到婉丝的不快，还说：“我觉得你跟她也不太熟，她跟我说，她最喜欢猫了。”

“那就合作愉快吧。”婉丝放下电话，回到杨浩旁边。两个人在客厅里看电影，杨浩按下了暂停键等她，正好停在一个人拔枪的画面上。婉丝说：“这个电影真不好看。”

“那就换一个吧。”

婉丝有个毛病，无论看书看电影，只要开了头，喜不喜欢都得看完，不然就觉得有桩事没做完；而杨浩呢，如果没有兴趣，随时可以中止。他觉得婉丝身上有种可爱的扭巴劲儿，婉丝则羡慕他的轻松随意，说好听的情话，像打开水龙头那么容易。

最后，他们还是把这部烂片看完了，当然电影并不是重点，只是情人约会的背景音。他一边吻着她，一边说，我要换块新地毯，这块旧的太硬了。之前他还嫌弃沙发不够宽大，容不下两个人，好像在婉丝之前，从来没有女人来过似的。

婉丝开玩笑似的问他：“你过去的女朋友不嫌地毯硬吗？”

他说：“我过去的女朋友都不在北京。”

“有没有哪个长得比我好看？”

“有。”

“那你喜欢我什么？”

杨浩停下来，把下巴搁在她肩膀上，裸露的肩膀，说：“你喜欢我什么呢？”

婉丝不得不承认，她的心底存着许多现实的念头，琐碎的、冰冷的、坚硬的、计算的、与爱情的纯粹定义毫不搭边的。她总不能说，我三十多岁，失恋了，想结婚，而你正好出现。

她预料中的生活并不是这样。十年前，她刚进公司的时候，外企，五百强，在同学眼里都算非常好的offer，她以为自己什么都会有，一切都能实现。升职了，加薪了，按部就班到如今，也只是过上一种平凡的生活，而凌青谈笑间提到的那些数字、那些可能性、那些事业和人生的双重自由，是她想都不敢想的，恰恰就发生在自己身边，仿佛很近，其实很远。迷茫中，她想抓住点什么，随便什么都行，剩下的青春已经不多了。

“因为你长得帅。”

“这倒是真的。”杨浩笑了，他们不小心压到游戏机的手柄，影碟又开始播放，可是谁也不想停下来。婉丝觉得眼前忽明忽暗，耳边一片低沉的噪声，男人女人正在谈笑风生，此刻他们还是情侣，过一会儿就要刀枪相见。杨浩的头发多而密，又厚又硬，像狮子的鬃毛。他被这个比喻逗笑了。“我的头发像我妈妈，”他说，停顿片刻，“她知道你，想见你。”

杨浩很少主动提起自己的家庭，婉丝也没有多问——只要问起人家的家庭，也就不得不谈谈自己，她尽量避免这种谈话。现在倒没关系了，反正他已经了解。两个人坐在地毯上，把沙发上的靠垫拿过来放在背后，或者抱在怀里，形成一个倾心交谈的气氛。杨浩说起他小时候的经历，父母辞去公职，创业初期是很苦的。他说，之所以会记得短裤口袋里的几块钱，是因为那时候零花钱太少，一次意外之财，便记忆鲜明。

后来日子渐渐好了，有能力送儿子出国念书，杨妈妈一直身体不好，所以他还是回国工作。

“你很听你父母的话。”

“当然不是。”杨浩说，“我一向是自己做决定，他们已经不管我了。”他看看婉丝，“所以你不用太紧张，只要我喜欢你，我妈就会喜欢。”

婉丝拿到签证，订机票的时候，一边查看特价，一边发微信跟凌青抱怨，说上次临时退票，损失好多钱。凌青说，我还遗憾着没能跟你一起去，你满心就光想着钱。

我当然不如你潇洒，婉丝心想，没有说出来，把手机放在一边。她这几天格外忙碌，要提前休年假走人，手头的事情必须处理清楚。顶头上司梅丽刚刚从上海回来，婉丝跟她提了休假的事，她犹豫了一下，答应了，让婉丝帮她收集年报的数据，婉丝照例交代给部门的员工和实习生。在这种大公司里，中层其实过得挺舒服，日常主要就是传达指令、汇总信息，需要她决策的事情很少，直接动手的任务也不多，前一段时间忙着裁员，算是婉丝入职以来最忙的日子了。

下午，她去茶水间给自己做咖啡，发现原来的全自动咖啡机换成了新近流行的胶囊咖啡机，造型像一只低头沉思的企鹅，怪可爱的。正好阿姨进来打扫，婉丝问她，机器怎么换了，阿姨说原来的坏了，修理太贵，李姐说不如换成这个。李姐是他们这里的行政主管。婉丝试着做一杯，味道还不错。她拍了一张茶水间的照片，发朋友圈，说："公司的新福利，好喝。"李姐在下面给她点赞。

半个下午就闲散着过去了。四点多，她收到部门员工的邮件，自己又润色修改一下，转发给上司，对方回复的邮件里除了"谢谢"二字，还请她明早九点到自己办公室来。

婉丝并没多想。晚上她和杨浩又去了那家烧烤店，因为上次吃完，店家送了代金券，这次要把它花掉。吃完饭，他们又逛街，婉丝给自己买了一双新的运动鞋，打算旅游的时候穿。

第二天早上，她去找梅丽，梅丽同往常一样浓妆艳抹，嘴巴涂得鲜红，衬着苍白皮肤和浅金头发，有种凛凛的寒意。她开始讲英文，这一点很不寻常，平常她都跟婉丝讲中文，虽然不太流利，总归是表示亲近的意思。婉丝起初没明白过来，等梅丽说到结构调整的时候，才骤然醒悟：自己被裁掉了。

后面的话，她都没听进去，不用听也知道，这些话不是说过很多遍了吗？不过是例行公事而已，她频频点头。最后，梅丽问她，是否还有什么问题，婉丝说当然没有，补偿方案是有标准的，所有人都一样。梅丽的目光中透出一丝同情。

“这是一个非常困难的决定。”她说。婉丝知道，梅丽只是在完成工作，适当地表示安慰和惋惜，也是工作手段的一种，她跟梅丽并无太深的私交。眼下，她只想尽快结束这场谈话，在这里十年，补偿金不少，很快，她就把该签的字都签完了。

婉丝回到办公室，在椅子上坐了一会儿，狭小的隔间里满是自己的东西，有凌青出国带回来的小物件，很多冰箱贴。婉丝喜欢冰箱贴，她想着，将来有了自己的房子，就把凌青送她的这些各地的冰箱贴都贴上去，像美剧里面的那种大冰箱，看着既热闹又温馨。

手提包放在脚边，拾起来，把私人物品往里面一样样地装，很快就意识到这只包完全不够用。手边找不到合适的纸箱，她找到打扫卫生的阿姨，问有没有纸箱，人家给她找来一只公司采购咖啡胶囊的包装纸箱，有个实习生还问："Vincy 姐，您要装什么？我帮忙吧。"

她谢绝了。拿来比画一下，又觉得箱子大得扎眼，抱着出去，标准的失业造型，太落魄了。她把手提包里的杂物又倒出来，只装上手机和钱包，穿起外衣，走出办公室。工作时间出去逛街，在她，还是头一回。

这栋写字楼在国贸中心区，方方正正的，婉丝走出旋转门，外头阳光正好，新闻里说今年又是暖冬，只下过一场小雪，早就化没了。她沿着人行道向前走，这条路走过无数回了，有一处新的写字楼在建，蒙着色彩鲜艳的围挡，上面印着大幅广告，充满着热情、诱惑和煽动，一切蒸蒸日上。

她随人群一起等红灯，在心里默默读秒，倒计时，跳到绿灯，然后重新开始，几乎像个隐喻。她迷信起来，觉得自己遇上杨浩，是不是把所有运气都耗光了？事业因此归零。她掏出手机，查今天的星座运势，种种说法似是而非，而她从来是不信这些，甚至嗤之以鼻的，觉得人类短短几十年的微末生命，妄自与天上的星宿相联系，简直自高自大，因为这个去跟同宿舍的女生争论，人家差点跟她翻脸。

而现在，她迫切地想把自己同某种不可知的事物联系起来，以解释当下的困境。她走过一排外贸店，装修明净，卖着假货，这些做生意的人倒不必担心失业问题。她停下来，看着一条灰粉的真丝长裙，精致好看，价格虚高，她有把握砍掉一半的价钱。这条裙子她每次路过都看一看，拿不定主意要不要买下来，今年年会的时候穿。这笔钱也省了。

她走进秀水街的大楼，眼睛扫过一个个摊位，漫无目的，有路就走，有交叉就转弯，过了半天才发现自己始终在同一个区域打转。最后，她看见一只样子不错的行李箱，大小正好，装得下办公室的私人物品。本来她也要买一只出门用的新箱子，现有的那个边角都磨花了，拉链也不好用。在摊主的注视下，她一遍遍地试拉链，拉过来，拉回去，确认是优质的东西，才开始砍价。

最终，她拖着箱子回到办公室，利落地收拾东西，直到桌面变得空空荡荡，只剩下显示器和键盘。箱子立在一旁，打开电脑，她写了一封措辞简洁的告别信，群发给所有同事，所有剩下来的、劫后余生的同事，语气一如既往地温和有礼，不失专业风度。很快，大家的回复纷至沓来，来不及一封封地点开来读，因为她开始哭了。

中午，几个要好的同事合请 Vincy 姐，每个人都假装没注意到她的红眼圈，大家集中火力抨击公司的做法，认为不可理喻，气氛一度非常热烈。婉丝没有跟着骂，她吃得很多，感觉很久没有这样的胃口了。吃完饭，又去一家咖啡馆的楼上坐着，在这儿，他们遇见了梅丽，她面前摆着一份简单的三明治，一边拿手机打电话，只用手势同他们打了招呼。

“听说梅丽也要走了，”李姐说，“她要回美国。”

婉丝想起了与杨浩一家的旅行计划。大家都劝她，好好放松，好好玩，要她多发照片，回来之后再找工作。话题由此转向旅游，仿佛大家都跟着轻松下来，不必陪着黄婉丝垂头丧气。有人把自己住过的酒店分享给她，现在预订还有优惠。

渐渐地，话题耗尽了，聚会开始显得冗长，有人提议离开，他们AA付账，坚决地拒绝了婉丝的那一份。下午，婉丝回到办公室，把她的仙人掌也送了人，向人家交代如何护养，多久浇一次水。她打算明天就开始休攒下来的年假。

下班之后，她拖着箱子乘地铁，回到自己的家。这些天总去杨浩家，这儿没人回来，到处落着灰尘。婉丝立刻收拾起来，用忙碌来驱赶烦躁，手机在包里响着，也没听见。还是杨浩自己上门来，咚咚地敲，才见到她。

“你不接电话。”

婉丝正在拖地，桌椅柜子等早擦抹得干干净净，地板又湿又亮。杨浩在门口换鞋，看见那只新的箱子，就说：“这只箱子还是太小了，不够用。明天我带你去买个合适的。”

婉丝只来得及告诉他：“这不是为了出去玩买的。”然后眼圈就红了，把事情告诉他。杨浩靠在沙发上，一手搂着她，想了想，说：“这样也好，咱们可以多玩几天。”

“我不去了。”婉丝说。刚才在地铁上，她已经把自己的机票退订了。

“为什么？”

“我十年没找过工作了，得好好准备。”

“这跟我们的计划有什么关系？”

他把胳膊收回去，婉丝觉得肩上一轻，好像卸了个包袱似的。她说：“对不起，我不能陪你了，你自己去吧，正好多陪陪你父母。”

杨浩半晌无言，最后说道：“婉丝，你总是放人鸽子，这可不太好。”这本来是一句无奈的结束语，他没想到婉丝的反应会那么激烈，“你从进屋到现在，没一句话是安慰我的，我失业了！”

“工作可以再找啊，”杨浩说，“你没必要拿我撒气吧？”

婉丝从沙发上站起来，没头没脑地走到厨房去，想给自己倒杯水，发现凉水壶里的水还是一周以前剩下的，只能再烧。电水壶呼呼地工作着，温度升高，接近沸腾。婉丝说：“杨浩，你根本就不了解我。”

“我喜欢你，这还不够吗？怎么才算了解你？”杨浩说，“得啦，别生气。大不了我养你，我养得起。”说着，他也踱进了厨房。

婉丝想，你养我可以，养我全家呢？难道我妹妹念书，我还要向你伸手？这些话只在心里打转，没有说出口，她把水倒进凉水壶里，才想起来壶里的剩水应该先倒掉。今天注定了什么都不顺利。她赌着气把一壶温水倒进水池。杨浩在她身后，把下巴搁在她的肩膀上，说：“一起去玩吧，过春节你上哪儿找工作呢？”

婉丝告诉他，机票已经退了。

“你至少应该跟我商量一下。”杨浩本来一直克制着，此时声音也高起来，“你这人办事丝毫不考虑别人。”

“我十年没投过简历了。”婉丝低声说，这些年只有她去筛选别人，“你走吧，我今天想一个人待着。”

杨浩转身就走，穿鞋的时候甚至碰倒了立在门口的箱子，关门的那一声格外刺耳，也许是风刮的——厨房的小窗开着，这些天一直忘了关，怪不得屋里那么多灰尘。傍晚起风了，冷气直往里灌，等他走了，婉丝才觉出身上的冷。

说要一个人静静，等真的只剩下自己，茫茫然的感觉又来了，捧着一杯热水，等它由热变凉，也没喝一口，最后干脆和衣躺在沙发上。心里有事，蒙眬着想睡也睡不着，直到凌青打电话来，半个小时之后，她就出现在婉丝的门口。

凌青说，哈雷的粮食不够吃到明天，她晚上还得回去，让婉丝跟她一起走。婉丝知道李子墨已经跟她住在一起，为了自己，今晚凌青特意把他赶走，这个情就不得不领。自从她和李子墨在一起后，婉丝就没再去过凌青家，乍一看她家里没什么变化，只是鞋架上多了两双男人的运动鞋，衣钩上有一件印着游戏公司 logo 的防雨外套，阳台上挂着宽大的男式 T 恤。从前，穿这类衣服的男人根本入不了凌青的眼，现在她似乎完全地沉浸在这段关系中，乐在其中。

哈雷走过来，在婉丝腿上蹭着，褐色的圆眼睛亮晶晶地望着她。婉丝抱起它，走向客厅的皮沙发，那沙发已经伤痕累累，全是哈雷的作品。冬天，猫的被毛绵密柔软，婉丝把脸埋在哈雷的背上，说：“它又胖了。”

“我也胖了。”凌青说，她泡了水果茶，拒绝了婉丝想喝咖啡的要求，“不行，你今天得好好睡觉。”

“幸福使人肥。”婉丝拿起沙发上的一条男式牛仔裤，扔到一边。

“李芸已经入职了。不过，如果你想来，我可以找个借口开了她，我一直想让你来帮我，你跟杨浩在一起也没关系，我们这儿没那么多忌讳。”

婉丝摇头。“我不想把专业丢了。”她说。再说，这样对李芸也太不公平，借朋友的势，抢人家的饭碗，而且还是自己给介绍的，这种事她做不出来。

话虽这样说，她知道自己没有太多时间可以挑来拣去，最多三个月，没有合适的岗位，就得降低要求，随便有个工作先做着再说。在婉丝的职业规划里，压根没有被公司裁员的准备，她以为自己是要一路升职的。

“那也好，反正你要是缺钱用，就告诉我。”凌青说，“房子租到什么时候？”这个话倒提醒了婉丝，原本两个人说好了，春节之后就正式搬到一起，现在看来，这个决定似乎太草率了。

“合约到明年四月，”婉丝说，“我会续租的。”

“你跟杨浩不是已经住一起了吗？”

婉丝把吵架的话原原本本地告诉了凌青，凌青向来居公秉正，说：“你一声不响地退票，难怪人家生气。”

“他好像觉得，失业没什么大不了的。”婉丝说，隐隐觉得，凌青也认为她在小题大做。

“不然呢？”凌青反问，“我早跟你说过，受雇于人，还是外国人，早晚是这个下场，谁会养你一辈子？”

“我出卖劳力赚钱，怎么说是靠别人养呢？”奇怪，今天个个都要来教育她。

“我不是批评你，”凌青的情商显然是高过杨浩的，“我是说，你应该有点预感。说实话，你这几年过得太舒坦了，我都没怎么见你加过班。”

“我该做的事都做了，干吗非要加班？”

“所以你的性价比，并没有自己想象的那么高。”凌青说，“你觉得我叫助理来给我喂猫，是滥用公司的资源，因为你把自己和公司对立起来了，老板交代的工作，你都做了，你以为这就完了？你没有找到那个属于你自己的不可替代的关键点。比如我，现在让我裁掉一半的员工，不管裁哪个，我都要留下我的助理，她知道哈雷爱吃哪个牌子的罐头，知道我要穿的衣服在哪个柜子里，我完全信任她，这就是她的不可替代性。”

“你说的是李芸吗？”

“什么？”凌青还要滔滔不绝，被婉丝突然打断，一下子没有反应过来。

“李芸。”

“我只是打个比方，”凌青说，“你怎么总是抓不住重点？”

哈雷从婉丝的腿上跳了下去，灰色的尾巴高高竖着，庄重地走向它的食盆。婉丝想着，不知道自己能不能碰上贵人，拉她一把，再遇上个好职位、好薪水，让生活回归正常的轨道？一想到明天不用去上班，她就有种踩空了似的晕眩感。

凌青自然会帮忙留意，但是她也劝婉丝，眼睛不要光盯着大公司，并不是机构越庞大，个人就越稳定越安全，反倒是因为个人的微不足道，更容易成为弃子。道理婉丝都懂得，但是她始终向往着那些著名的金光闪闪的logo。过年回家时，在电视上看见自己公司的广告，告诉家人亲戚，我就在这里上班，也只有在这种时候，她爸爸才会说一句：没白花钱供你念书。

后两个星期，凌青动用她的关系，接连帮婉丝推荐了几个职位。婉丝也去面谈，但是她能感觉到，人家是看着凌总的面子，才约她来见，其实并不合适。过后，她跟凌青说，你能不能不要一股脑儿地都要我去面试？这个职位不匹配我的条件呢。凌青说，你看看薪水，哪个比你原来的差？至少也能持平。

我怕我做不来，婉丝说，我还是想做人力资源的事，我都做熟了。凌青说，要这样，我就没办法帮你了，没人能给你一份跟原来一模一样的工作，你得早点儿想明白了。

时间稍长，婉丝渐渐觉出来，被裁员这件事，影响的并不只是几个月的薪水，她的信心不如从前了。过了年，她虚岁就三十三了，不早不晚的年纪，不上不下的资历，看看自己的简历，最光辉的时代竟然都在大学毕业之前——奖学金、优秀学生干部、保研名额，她放弃了，因为想早点儿工作赚钱；谈过一场恋爱，也放弃了，他出国念书，计划留在国外定居，两个人没办法再继续下去。她重新整理了自己的简历，修改字句，让前一份工作的内容显得更丰满些，最后把头像照片也换上一张刚拍的近照，穿着正装，显得很成熟，她请照相馆的人帮她修过图，抹平眼角隐隐闪现的鱼尾纹。

那天杨浩走后，有两天没跟婉丝联系，然而两人毕竟在热恋中，这种负气争执并不会影响太久。第三天一早，婉丝照常醒来，她的生物钟还是跟着上班的节奏。手机掉在床边的地板上，她伸手拾起，杨浩昨夜发来信息，问她睡了吗，时间在两点多钟。

情人间的没话找话，有种别样的意味，像求和，也像撒娇，婉丝盯着空白的对话框，还是没有回复。然而，她心里有种预感，起来洗漱整理，穿了件能见人的衣服，果然，他一会儿就来了。

“饿了，这儿有没有早饭?”杨浩探头进来，头发乱着，好像一起床就急着赶来。婉丝堵在门口，告诉他，我这儿没有，叫他到外面去找吃的。他说：“怎么没有？明明你就是我的早饭。”一边说，一边侧身挤进来，他手里其实拎着麦当劳的外卖袋子。婉丝也不客气，坐下来就吃，杨浩坐在旁边看着她。

“你不是饿了?”

“没关系，等会儿你吃完了，就该轮到我了。”他笑着说，婉丝也笑了。咖啡洒了一些，弄脏她的白袖子，杨浩用纸巾帮她擦着，婉丝心疼这件衣服，没穿过几次，洗不干净就毁了。杨浩说，那还不赶快脱了去洗。

婉丝没空去洗衣服，因为杨浩要来吻她，她应接不暇。在这方面，她一直很被动，以为被动是女人应有的矜持，杨浩曾经小小地抱怨过，说你对我太冷淡了。婉丝想，也许他喜欢那种热情奔放的姑娘，她懂。有时候，杨浩带给她的温存爱抚，甚至让她心有愧意——自己好像没办法回应这样的感情，彼此的内心即便有同样的温度，表达方式也完全不同。假如杨浩不来求和，可能她永远不会主动去联系他。杨浩絮絮地说着对不起，他有多想她。他没有问婉丝是否也在想他，婉丝在心里已经回答了很多遍：当然。

8

春节前，文华打来电话，意料之中地向女儿要钱：开春要盖房，年前要给人家一笔预付款。婉丝问清楚预付款是多少，按数转账过去，又叮嘱她："钱取出来马上给施工队，不许给我爸，后面要用钱，再跟我说。"她连连说好，又说闺女辛苦了，说婉细这次模拟考成绩不错，你二叔盖房，他给人家搬梯子，说递个东西，就把腰闪了，住院去了，哈哈，你说这是报应不是？婉丝不接茬，光听妈说，她能说好久，村里的闲言碎语，别人家的新闻，别人家没出息的儿子、不孝顺的媳妇，全数说给婉丝听，末了问婉丝："你跟那个杨浩有什么打算没有？他家里是做什么的？"婉丝只说是朋友，还没到谈婚论嫁的时候，文华听了，也就不多问。她性格软弱，在家只是怕黄德炳，对女儿们并没特别上心，因此婉丝和婉细也不会跟妈妈多说什么。

因为这一通电话，婉丝想起来，这段时间没跟婉细联系。晚上，估计她下了晚自习的时间，婉丝打电话过去，是她宿舍同学接的。人家听出她是婉细的姐姐，就说婉细去洗澡了，婉丝留下口信，让婉细回来立刻打电话给她。

她等了一个多小时，这个澡未免太长了些，总算等来电话，她劈头便问："你干什么去了？"

"洗澡。"线路仿佛受干扰，语音嘈杂不清。

"洗澡这么久。"

“排队洗澡。”

“听说你这次考得不错。”婉丝决定换一种方式，她快忘了自己的青春期是什么状态，有没有像黄婉细这么难以沟通。

“还可以吧。”婉细说，“我明天就放假。二叔扭了腰，住院去了。”

“别闲扯。”婉丝不耐烦了，“你跟他分手了吗？”

婉细不说话了，她甚至不想撒个谎来安抚姐姐，就用沉默来对待。姐妹俩都有这样的犟性，小时候挨打，谁也不会大哭大闹，因为爸爸对待她们，是哭得越凶，打得越狠的。

“姐，我这次考得挺好的，”婉细说，“没影响学习啊。”

婉丝在想怎么组织语言，怎么能让妹妹懂得她的付出是为了什么。她到底能不能理解姐姐的心情？昔日的小女孩已经变成陌生人，不再对姐姐掏心掏肺。她会隐瞒，也会撒谎。婉丝拿着手机跌坐在床上，说：“你知道保护自己，对吗？”

“我知道。”婉细说，“我们俩，想考同一个大学。”

婉丝被气得几乎笑出声来，黄婉细根本不知道自己在说什么。十八岁，自以为成年便等于成熟、有担当，其实什么也不懂，她以为这就叫爱了？她打算用自己的人生经验说服婉细，随之发现自己的人生经验也少得可怜，她说不清什么叫爱，什么叫犯糊涂，她不知道婉细除了每天上课学习，脑子里还有哪些念头，心里有哪些纠结和矛盾，又是跟谁学来这些爱情的皮毛。她想教导妹妹，有满肚子的话，到头来却发现自己张口结舌，不知道从何说起。婉细的语气是如此地镇定而理所当然，令她不得不怀疑，出问题的也许是自己？

她决定先不要鲁莽发作，况且相隔千里，疾言厉色并不能解决问题，她只是说，你自己掌握分寸，别误了学习，婉细满口答应。婉丝把这个难题抛给凌青，凌青的第一反应是：哇，现在的小孩谈恋爱这么张扬？第二句话便是：挺好啊，你干吗不高兴？

凌青这天感冒休息，非要婉丝过来家里陪她，李子墨年前忙得很。婉丝来时，小时工刚走，家里收拾得整洁透亮。凌青裹着一件厚毛衣，帮婉丝找出专门给她用的棉拖鞋。哈雷趴在一座蜿蜒复杂如迷宫城堡的猫房子顶上，屁股对着人，睡着了。这一天难得晴暖，阳光透过巨大的落地窗照进来，落在一张印度进口的羊毛地毯上，上面丢着几只麻布覆面的厚蒲团，无一例外，全都被猫抓得起毛。婉丝坐在地毯上拿着一杯咖啡，凌青窝在沙发里，喝她的板蓝根。

“你居然会觉得这挺好。”婉丝咕哝着说。今天是工作日，楼下的马路上没什么闲散行人，她长叹一口气，觉得就连好朋友也不懂自己的苦恼。

“青春期的那种事，今天喜欢 A，明天喜欢 B，一会儿要死要活，一会儿就忘了嘛。”凌青说，带着浓重的鼻音。

“都闹出怀孕的事，这也是正常的青春期吗？”

“这种事不新鲜，告诉报社都上不了新闻。”凌青说，“不要小题大做，事情过去了就别再提，她的人生还没开始，现在你去教训她，她只会当成耳旁风。人只有吃了大亏才会长记性。”

“我不希望她再吃什么亏，她只要好好学习，考上个好大学，将来找一份稳定的工作，公务员最好，这一辈子就安全了。”婉丝还有一句话没说出口：别像我一样，三十多岁被裁员，这么狼狈。

“行啦，也没到世界末日。你近来面试怎么样？”

简历放出去，也有猎头来找，婉丝觉得他们只是为了业绩而凑人数，推荐的一些岗位并不匹配，有几次虽然聊得很投缘，一谈到待遇，对方就面露难色，气氛冷下来。婉丝算来算去，要在北京，活得稍微宽裕些，这个数并不算多，她还有家人要照顾。凌青说："你是安逸惯了，不知道世道艰难。李子墨每周工作几个小时？拿多少钱？你算一算，待价而沽，也得标价合理才有人问津。"

"你的意思是我不值这么多钱？"

"我的意思是，你要把眼光放得长远些。你知道李芸是怎么跟我谈待遇的吗？这姑娘很聪明呢。"

听见这个名字，想起她那天冷冰冰的态度，婉丝觉得有些别扭。"她说，凌总，我拿多少钱不重要，但是我不能永远当个小助理，我想要更多机会，接触业务、接触客户。您教我的，我尽量学，学不到的，我也想办法偷师，我愿意把公司当成学校，把您当成老师，我想成为像凌总这样的女人。至于薪水，我相信您对我的判断。"

"拍马拍得很顺溜嘛。"婉丝冷笑道，"其实待遇都是定好的数目，何必多此一问。"

"她知道自己需要什么，可是你，你可能就是谈谈过去的经验，眼前这份工作你能怎么做，然后一到谈钱，就崩掉了。婉丝，你太懒了，你总想找个安乐窝，不必多想多动，按部就班地过日子。这种好事，过几年可能就变成坏事。"

婉丝的咖啡冷掉了，还没喝完。她知道自己没有凌青的本事，然而就算是一只慢腾腾的蜗牛，难道世上便没有蜗牛的路了？按凌青的说法，好像被裁掉全是自己的错，找工作不顺利，也得怪自己不上进、不懂得居安思危，反正做老板的永远有理。

凌青见她不大爱听，就不说了。婉丝去洗杯子，见厨房台面上空荡荡的。凌青喜欢在屋里各处摆鲜花，这次来，一束也没见到，连她那些各处淘换来的奇形怪状的花瓶也都收起来了。问她，说李子墨对花粉过敏，居然一副老夫老妻的口气。婉丝开玩笑说，幸好他没有对猫毛过敏，不然哈雷怎么办？

“他怎么比得了哈雷？”凌青哑着嗓子说。

她依然没有结婚的念头，觉得像现在这样也很好、很开心，她不轻易用“幸福”二字，觉得幸福是太过世俗的外界标准，远远比不上自己内心的快乐。李子墨只是个普通的男人，有份工作，有点小爱好，他不需要女人对他百依百顺，也不会为了凌青随叫随到。前些年凌青遇到的男人，多半属于这两种，而李子墨既是故交，多年未见，也是新相识，凌青觉得投缘，有缘分就在一起。本来，她是随时准备着缘尽分手的，渐渐地，她发现，李子墨虽然不擅长甜言蜜语，却没有那副成年男人常见的算计嘴脸——一谈到婚姻，许多人就难免去衡量条件、计算因果，他不会，因为他根本不提结婚，却又对感情事很认真，正合她的心意。

“有人爱，”凌青说，“还不用放弃自己的自由，简直再好没有了。你知道遇上一个志同道合的人有多难？”晚饭时间，两个人点了外卖，刚送来，李子墨来了，三个人就一起吃饭。饭后凌青坚持让李子墨送婉丝回家，带上两只花瓶，她这里用不上，婉丝推辞不过。路上，李子墨问她和凌青认识多久了。“有十几年了。”

“她一直是这样吗？只想谈恋爱，不想结婚。”

婉丝一时不知道该怎么回答，只好说："我不知道。"

"这个想法挺少见的，对吧？大部分人都想成家。"

"凌青比较独立，"她斟酌着，"她，她不喜欢被约束。"

李子墨不说话了，将她一直送到楼下。那两只花瓶很重，在袋子里相碰，发出轻微的脆响。第二天，她去参加一家公司的面试，非常顺利，对方当场就表示希望婉丝尽快来上班。回家的时候，在地铁站的门口，她看见有人卖花，十块钱就给一束香水百合，都是将露未露的嫩骨朵，她买了两束，捧回家，插进凌青的花瓶里，挪到卧室的窗台上摆着，那里阳光最好。

杨浩打电话过来，问她面试的结果，虽然薪水不如从前，但是环境不错，交通方便，是规模很大的民营企业，还是在人事部门，她觉得比较满意。杨浩也觉得好，"离我家更近，那你赶快搬过来"。婉丝觉得，自己说了半天，行业啦，前景啦，结果他就关心一个离他近不近，似乎并没有将自己的工作看得很重要。她心里这么想，嘴上说："再说吧，我房子还没到期。"

这个问题，没过几天房东就替她解决了。腊月二十八，房东通知婉丝元宵节后就要收房子，她儿子结婚要用，打得婉丝措手不及。杨浩第二天就要走了，婉丝独自留在北京，眼看过年了，临时找房子一定来不及，只好把东西先搬去杨浩那里，他要过了元宵节才回来。

这天晚上，杨浩过来找她，两个人一起做饭。杨浩的厨艺比婉丝还强些。吃完饭，婉丝去洗碗，冲洗过的碗盘亮晶晶地倒扣着，抹布也洗净了晾好。杨浩说，看你做饭不行，收拾打扫还挺利落，咱们俩正好合作。

婉丝说："我从小就会洗碗扫地，给我妈帮忙。"两个人在童年时代，都吃过经济困难的苦，都不是娇生惯养长大的，婉丝也是喜欢他这一点，他身上没有那种被宠坏的男孩子习气，生活上能够照顾自己。"我妈身体一直不太好，"杨浩说，"她希望我早点结婚，找个好女孩，还说我得学会做家务，这样才能招人家喜欢。"

"你妈妈想得很对。"

"所以，你要是跟我一起去，她肯定很高兴。现在呢，假期只好用来搬家。"

婉丝倒觉得庆幸。房东这样突然袭击是她没想到的，租房就是有这样的苦恼，人家根本不考虑租客的感受，大不了赔点钱，请你立刻走人。房东的一声令下，比老板的遣散还要又快又狠，虽说可以去杨浩那里，但是婉丝一个人过惯了，对于接近婚姻生活的同居，她心里还在打着鼓。也许是凌青对婚姻的抵触，也影响了她。她仍然抱着传统的看法，两个人在一起，最后总要谈婚论嫁。

"你不是一直希望我搬家？"婉丝说，他们已经回到卧室，只亮着床头的一只小灯，夹在床板上，专门看书用的。她有一个 Kindle，是老版本，还是需要光源照明的那种。杨浩说要送给她一个带背光的新款，她不要，没坏干吗要换？她喜欢旧东西，留恋旧的一切，连用旧的保护套也不舍得丢。

说起看书，婉丝说她还是喜欢纸质书的感觉，可惜房子太小，没地方摆，装在纸箱里，又觉得委屈它们，所以现在都看电子书。杨浩一开始没接上话，过了一会儿，等两个人都躺下，关了灯，婉丝脸上还反着微光，是她涂的面膜还没有被吸收，散发出一种像青草的味道，他才说："我现在的房子也是租的，不如我们考虑在北京买房，想买什么家具，摆什么东西，你就可以做主了。将来要是离开北京，卖掉也不吃亏。"

婉丝还没回答，他又说："春节一起出国，本来也想跟我父母商量这件事，让他们见见你。"他说着又笑了，"你看，见投资人，不能空口白牙，至少要让他们看看 demo。"婉丝也笑了，她用手轻轻按压自己的额头和眼睛，感受掌心的湿润，面膜黏糊糊的。"下次吧，"她说，声音有点变调，"这次你给我带个新款的 Kindle 就行，不许忘了。"

9

从念书的时候算起，婉丝在北京十几年了，留在这里过春节，还是第一次。杨浩走后，她又收拾了两天东西。年前物流慢了，她在网上买的打包纸箱到年三十早上才送到，一个个地整理好，装上她历年积累的各种零碎物品，忙了一上午。满地纸箱，每样东西拿起来看看，都觉得有用，都得带走，不知不觉到了中午，只来得及给自己泡一碗方便面。凌青来接婉丝，说好了要带婉丝去她家里过年，她穿一件应景的红大衣，长到脚踝，一团火似的烧进来，进屋就喊："好香！"不过是方便面的调料味。

婉丝给她也泡了一碗，凌青上午还在开会，早饭都没吃，边吃面边又问："你看这件大衣怎么样？"婉丝说太喜庆了，简直不像你，她答非所问地来了一句："李子墨今天晚上也来，是得有个喜庆的样子，过年嘛。"往常她最讨厌过年，嫌闹腾，她父母传统得很，要求女儿过年必须在家，家里长辈都要去拜年，不然，凌青早飞去国外玩耍了。

虽然嘴上抱怨，婉丝看得出来，凌青跟她父母是很亲密的。

吃完面，婉丝继续收拾，凌青戴上耳机，把两只大纸箱摞在一起，正好坐在上面，双脚悬空，轻轻跟着哼歌，时不时停下来评论两句，声音特别大："这个别要了，断舍离，懂不懂？"

婉丝不理会凌青，她手里拿着原来公司的优秀员工奖杯、忠诚服务奖的纪念品、一个海豚乘浪跳跃的玻璃摆件，从前都摆在她办公桌上的，一件件小心地往垫了碎纸的箱子里装。凌青说："我要是搬家，几件衣服、几个包、一只哈雷，就可以开路了。"她崇尚简单生活，要有品质，连婚姻都嫌拖累。

"我没你那么洒脱。"婉丝说，"要扔也不是现在，等将来我有了自己的家，再慢慢收拾。"

她顺势说起杨浩的计划，凌青说好啊，看房子一定带上我，二手房我可以帮你讲价。她对房产很有经验，前两年买进卖出，赚了不少，婉丝觉得，凌青做什么事都顺利，都能达到目的，好像所有的门都向她敞开着，而自己呢，只求个安稳，还不能得。

快到傍晚时候，东西终于收拾得差不多，十来个大纸箱沿着墙排成一列，家具还是原样，显得更拥挤了。凌青要她在自己家住两天，婉丝因此拿出新买的那个小箱子——长途旅行虽然不够用，短途出门倒正好。凌青开着她那辆墨绿色的 Mini Cooper，大年三十的下午，街上已人烟萧索，要走的都走了，剩下的各回各家，一般做生意的都关门了。婉丝没看过这样的北京，感叹道："北京过年真不热闹。"在家里，过年了，外地打工的年轻人都回来，大包小包，出出进进，人声喧嚷，只有大城市到此时才显出安静肃杀。一路通畅，朝城西驶去，凌青开着车，嫌暖风太热，让婉丝帮她脱掉大衣。这衣服在室内光线暗处，看着像红色，在外头仔细瞧，其实是一种深暗的粉紫色。婉丝说：“这颜色不正。”

“李子墨买的，他知道我不喜欢大红的，就挑了这个色。直男的品味嘛，也不好不给他面子。”

凌青的父母退休后，就卖掉城里的房子，换了一套西郊的别墅，老两口平时在院里种种菜，很是悠然。婉丝来过一次，这是第二次，她从箱子里拿出两条羊毛围巾送给叔叔阿姨，这样的围巾她共买了四条，另外两条交给杨浩带走了。凌青妈妈还责备她：“你花这个钱干什么？”

李子墨比她们晚到一个小时，熟门熟路，进屋就去厨房帮忙。婉丝也想去，被赶了出来，说这儿没有你的事，你看电视去。婉丝本来不爱看那些闹腾的电视节目，到了过节的气氛下，好像也不是不可忍受的。凌青被她妈妈支使着去地下室拿大白菜，不一会儿拿上来一双落满尘土的轮滑鞋，套在脚上，在客厅的瓷砖地上就滑了起来，一边转圈一边说：“我初中时候，迷上轮滑，我爸给我报了个班去学，我滑得比男孩子都好。后来我妈不知道从哪儿看见新闻，说有个大学生在街上滑，被卡车撞死了，就不让我玩了，连兴趣班都不让我去。”

她一边说，一边灵巧地转身，凌青妈妈从厨房探出头来，说：“你别在屋里滑，一会儿撞上家具，都是尖角。咦，我的白菜呢？”婉丝笑着又跑去拿。地下室跟客厅一样面积，堆着一个家庭的历史旧物。她看到一台缝纫机，罩着防尘的白布套；一张木质的摇篮床，上面还挂着小小的粉色蚊帐，推推，吱呀作响，她能想象一个备受呵护的小女孩躺在里面，咯咯笑着的样子；旧衣柜，柜门上镶着一面椭圆的穿衣镜，上面贴着各种卡通贴画，有些动画人物，婉丝都不认得，颜色褪得暗淡，边缘也模糊了，依旧粘得十分牢固；还有儿童自行车、电子琴、塞满童话书和旧课本的书架，连凌青小时候的绘画本都还在，婉丝随手翻开，上面写着“一年级三班，凌青”，字迹歪歪扭扭的，房屋的颜色涂得鲜艳浓重，几乎要渗过纸背了。现在凌青最爱黑白灰。

在这个不属于自己的怀旧气氛里，婉丝有片刻的迷离，好像走进一个陌生的时空，看见一个女孩子是如何成长，长成如今的样子的。空气里有尘封的味道，头上传来滑轮滚动的声音，像是童年的回响，是她没有过的，遥远却又似曾相识，好像在什么地方还有另一个自己，过着完全不同的生活，在那里，一切愿望都能满足，一切恐惧都有人安慰。婉丝几乎觉得后悔了，应该回家去，至少陪陪婉细，靠近她，了解她，而不仅仅是通过一根电话线去讲大道理……凌青的声音在楼梯口响起，轮滑鞋已经脱下来了，拎在手上：“白菜呢？你怎么站着发呆？”

“没找到白菜呢。”

凌青咚咚咚地跑下来，把鞋子顺手扔在地上，跑到地下室的尽头，掀起一张黑色塑料膜，下面是摞得齐齐整整的大白菜。她抽出一棵递给婉丝，自己又抱了一棵，两个人把菜拿到厨房，凌妈妈扒开叶子，叫道：“哎呀，烂心了。”把凌青爸爸叫过来，埋怨他说：“你看，我说堆在院子里，你说要冻坏了，非要放地下室。地下室温度高，瞧都有点烂了。”

“只烂这么一点儿，”凌青爸爸看看，“剩下的还可以吃嘛。是不是，小李？你看能不能吃？”李子墨说：“能吃，阿姨，就坏了一点儿，我看没问题。”凌妈妈就不说话了。凌青在客厅里听见了，悄声对婉丝说：“我妈超喜欢李子墨。我都怕她太喜欢他了，要逼着我结婚。”

凌青爸爸坐在一张藤椅上，这套椅子有好几把，原来放在二楼阳台，没人坐，干脆搬下来一个当单人沙发，剩下的，凌青说等天气暖和了，运到杨浩的小院里去，摆在葡萄架下正好。

凌爸爸面前有一盘炒花生，剥开了一粒一粒，放进空盘子里，让婉丝和凌青吃。婉丝说自己剥就行，凌爸爸说：“我们凌青从小吃瓜子，吃花生，都是我给她剥。”凌青歪在沙发上，忙着刷手机，顾不上吃，婉丝捡起一个果仁放在嘴里，连红色的薄衣都搓掉了，很香。

到了晚饭时候，几样凉菜先摆出来，李子墨在厨房打下手，凌妈妈一直夸他，比自己女儿强多了，又说凌青爸爸平常连个蒜都不管剥，青青将来有福气。凌爸爸听见了，辩道：“我哪儿闲着？这么些干果，不收拾出来，她都不吃。”一会儿又削苹果、切橙子，全是整齐的方块果肉，插好牙签，婉丝捅捅凌青，让她别玩手机了，叔叔给你水果呢。

凌青只说：“你吃，我回个工作微信。”凌爸爸对婉丝说：“你看，她自己是工作狂，也不让别人过年。”过会儿菜上齐了，大家团团围坐，外面有人零零星星地放炮。城外郊区，没有限制，凌青说一会儿吃完饭，我们也放炮去。李子墨陪着凌爸爸喝白酒，其余人都喝凌青带来的红酒，婉丝问：“这是不是上次你去墨西哥带回来的那种酒？”凌青递过一个眼色，婉丝才意识到自己失言了。凌妈妈已经听见了，就问：“你什么时候去的墨西哥？”

“出差。”凌青说。

“你出差这么多，”凌妈妈说，“将来结婚，家里的事怎么办呢？”

凌青出国去潜水，都不告诉父母，怕他们瞎担心，便岔过话题，说：“哎呀，我结婚还早呢。”

“三十多了还早啊？”

凌爸爸截住她的话头，说：“得啦，今天过节呢。”转过头去跟李子墨碰杯，问：“你父母在哪里过年？”李子墨说在他哥哥家，他家弟兄两个，他妈妈帮哥嫂带孩子。“他们不催你结婚？”凌妈妈又问，李子墨看看凌青，凌青只顾啃排骨，就说：“我哥已经有两个孩子，他们有了孙子，倒是不急着催我。”

婉丝说：“这晚会真闹腾，大红大绿的，看着眼睛疼。”凌妈妈坚持说，过年就应该有喜庆的气氛。渐渐地，外面的炮声密集起来，时不时有焰火腾空，散开来，一片星星点点。凌青问：“爸，我要的炮买了没有？”

“二踢脚买不到了，说不安全。”凌爸爸说，又对李子墨说：“你看她哪儿像个姑娘？从小玩的闹的，都跟男孩儿一样。”

凌青告诉婉丝，二踢脚点起来，在地上先炸一声，升到半空，再炸一次，周边几里地都听得见，她小时候就喜欢这种炮。婉丝说：“我不爱听炮，震得耳朵疼，还是烟花五颜六色的有看头。”

按着凌青家的习惯，除夕要守到半夜，十二点钟准时下饺子，因此饭桌一收拾完毕，立刻就要和面，大白菜下午就洗好晾着。凌妈妈不要李子墨帮忙，要他跟着凌青出去，看着她，别放炮把自己伤着了。三人来到院子里，这片别墅区不大，每家都有小院，右边邻居也在院子里放烟火，一个接一个，颜色非常漂亮，空气中弥漫着温热的硫黄味道。凌青说，看我们的，肯定比他们家的好看。

婉丝想，她这种争强好胜的性格，连放个炮也要比别人响些。沿墙摆着一排装烟花的纸箱，从手持的烟花棒到大号的圣诞树，都有，一样样拿出来点燃，凌青袖手站在一边，让李子墨去点，自己拿手机在一边拍照，放到最后，只剩下一个最大号的满天星，她说："别动，这个归我！"凌爸爸披了一个外套，也走出来看她放炮，两边的引子同时点上，只有一边亮了，银光升起，半边天都明晃晃的。凌青抱怨："咦，怎么另一边没亮呢？"说着走过去看，李子墨跟着她，婉丝叫她别去，危险呢。果然，还差着两三步，炮筒突然冒出火花，李子墨一把拽着她后退，顷刻间，西边的天空也是满眼的红黄蓝绿，闪了足有十几秒，才渐渐熄灭了落下。

凌青大笑，凌爸爸说她："差点就炸着脸，还笑。"几个人回到屋里，凌妈妈在厨房里密密地斩白菜。婉丝说："叔叔，这件衣服真时髦。"原来凌爸爸披着的那件黑色棉外套，正面看正正经经的，很素净，背后却印着巨大的白色logo，还有一对张开的天使翅膀。凌爸爸说："凌青去香港给我买的，我说太花哨了。"这是凌青喜欢的一个香港潮牌，设计夸张、价格不菲，婉丝夸说，这种款式显得您很年轻。

凌妈妈和好一盆面，张罗着包饺子，凌青上楼去打个工作电话，凌妈妈问李子墨："你们公司加不加班？"

"也是经常加班。"

"那将来有了孩子，你们都忙，爷爷奶奶管不过来，就放在我们这里，有院子，小孩子可以跑着玩。"

凌青下楼来，说："困死了，赶快煮了吃完，我要睡觉，明天还要去他大哥家。”家里包的饺子比外头好吃得多，凌妈妈最为得意，从和面到拌馅都有讲究，婉丝赞不绝口，凌妈妈说，以后想吃饺子就来我们家。

别墅上下两层，平常老两口懒得爬楼梯，就睡楼下的一间卧室，楼上房间都空着，凌青占了带独立卫生间的主卧，婉丝睡另一间客房，早收拾好了，床上的被子也是新拿出来的，拍得很蓬松，闻着有一股阳光晒过的味道。凌青敲门进来，问她缺什么东西没有，二楼的卫生间就在对面，归她一个人用。

婉丝洗漱完了，换好睡衣，正准备上床，又有人敲门。她以为还是凌青，门外却是凌妈妈，说：“凌青说你睡前要看书，这屋里没有台灯，我给你拿一个来。”手里端着一盏样式古老的塑料台灯，灯罩很小，灯泡却大得不配套，像是新换上的。婉丝连忙道谢。

凌妈妈帮她找到藏在床头柜后面的插座，一边说：“这屋里平常没人住，你们没事就多来玩玩，家里就热闹了。”

婉丝答应着，觉得凌妈妈好像有话想说，又在犹豫着要不要说，有点闹不清对方的来意。凌妈妈坐在床上，手摸摸被子，说：“够不够厚？不够我再给你拿一条。”

“够了，这屋里暖气很足。”

凌妈妈搭讪着，问婉丝父母身体好不好，妹妹学习好不好，婉丝一一回答，心里越发奇怪。她又问婉丝的男朋友怎么样，有没有打算结婚。婉丝就随口说，打算买房结婚。凌妈妈借机说道：“你跟凌青是好朋友，阿姨问你，她跟李子墨到底是怎么打算的？怎么女的也不要结婚，男的也不提呢？”

婉丝只好把凌青说过的话，再对她妈妈重复一遍，总之，“她觉得结婚没必要，现在这样就挺好”。凌妈妈一脸难以置信的表情：“这叫什么话？女大当嫁，我同事的孩子，男孩女孩，个个都结婚了呀。”

婉丝只能赔笑，也不好说别的，凌妈妈又说：“我看那李子墨对她很好，人也懂事，他挣钱多不多？工作稳定吗？”

婉丝想说，没你女儿多，不过她只回答了后半句，说：“工作应该是很稳定的，也是一家大公司。”这个话说出来，她自己都没什么底气。

“他对凌青真的好吧？两个人吵不吵架？”

婉丝想着，这我哪儿知道得那么清楚？就说：“阿姨怎么不去问凌青呢？”

“我问，也得她愿意说呀。”凌妈妈叹道，“当妈的还不如你们这些朋友。说实话，我现在也不爱管她的事，问多了，人家还嫌烦。”

婉丝明白了，原来凌妈妈是专门来找她发牢骚的，就安慰说：“可能她还没做好准备，改天我劝劝她。”

“好，你帮我劝劝她，阿姨先谢谢你啊。”凌妈妈说着站起身来，又说，“熬夜看书伤眼睛，年轻人还是应该早点睡。凌青就是小时候写作业太用功，把眼睛看坏了。”婉丝答应着，送她到门口，回来再躺在床上，虽然夜深，却毫无困意。凌青说过，她视力不好，是因为爸妈总要求她早睡，她不听话，就偷偷地蒙在被窝里，打手电筒看武侠小说，结果搞成近视。

她拿出自己的Kindle，借着灯光读几页，手机放在台灯边上充着电，忽然微信来了，杨浩问：“在做什么？”

“马上要睡了。”

他发过两张新款 Kindle 阅读器的照片，问她喜欢哪个颜色。她选了黑色，杨浩说那我就给自己买个白的，配成一对。婉丝笑话他：“怎么从来不见你看书？”

“向你看齐嘛。”他说，“我喜欢你看书的样子。”随后又补一句，“别笑，我上学的时候成绩很好的。”

“你父母好吗？”

“好。他们玩得比我 high，还怪我没带你一起来。”

婉丝看着对话框，有点不知道往下该怎么说，又不想就此结束谈话，就问：“那个围巾，阿姨喜欢吗？”

“喜欢。”他立刻就回复了，“夸你有眼光，我说她当然有眼光了。”

婉丝还没回复，那边视频通话就打过来。她坐起来，用手指梳理头发，又把台灯的灯光调到最亮，才接听。杨浩走在一条阳光灿烂的街上，有房子，有树，偶尔闪过一两个行人。

“今天天气很好。”他说，“我爸妈去逛商场，我要跟一个同学去冲浪，然后吃点东西，下午不知道要干什么，晚上一块儿出去吃饭。”

“你打过来就为说这些？”

“嗯，你今天都干什么了？”

“就过年嘛。”

“为什么看起来不太开心呢？”

“没有啊。”

“你在想我。”他用一种不容置疑的语气说。

婉丝笑了：“我要睡了，明天凌青和李子墨还要去别的地方，我想搭他们的车一起回去，家里还有些东西要收拾。”

“等我回去帮你搬家。”

婉丝答应着，又说了几句，结束了通话。这次是真的困了，遥遥地还能听见有人放炮，是睡眠的前奏，再睁眼，又是被一阵噼里啪啦的炮声吵醒的，几百响的一挂鞭炮，她躺着听完，才爬起来往外头看，见满地碎纸屑，凌青拿着大扫帚在一下一下地扫，扫成大红色的一堆。穿鞭炮的长绳还在枯树枝上挂着，晃晃悠悠的，像蛇蜕下来的旧皮，那树是一棵香椿，春天的嫩芽非常美味。

李子墨搬着两棵大白菜走出来，码在背阴的墙根下，那里已经摞上两排了，看来凌青爸爸还是拗不过她妈妈。凌青扫着地，忽然淘起气来，趁李子墨弯下身的工夫，用尖尖的扫帚头去点他露出来的一截腰，挠他痒痒，李子墨要躲，她还要追，边追边笑着。婉丝推开窗户，冷空气扑面而来，激得浑身透爽。新的一年到来，按农历算，她三十二岁了，仿佛一切如旧，又有什么新的东西在渐渐生长。她闭上双眼，好像站在宽广的沙滩上，就像在海口的那天，她一个人走着，咸湿的海风吹到脸上。凌青在底下对着她喊：“喂，还不快下来，早饭要凉了。”

10

春节假期结束，婉丝去新公司上班，虽然地铁方便，通勤时间还是比过去多了一个小时，她就利用在地铁上的时间，每天记几个单词。凌青总说她不够努力，她嘴上不反驳，心里不服：当年也是高考里拼杀出来的、全省数得上的好学生，自问智商绝对不低于凌青，怎么就不如她?

她在新公司里，虽然挂着经理衔，也要做具体的工作，因为上头总监还有一大堆——这里的职衔都给得很高，进来以后，稍稍有些失落，幸好薪水还算过得去，办公室的同事告诉她，我们这儿年终奖很高。婉丝觉得前些日子失业在家，就像鱼离开水，被丢在岸上，现在终于又能呼吸了。看在钱的分儿上，她适应得很快。

房东那边，好说歹说，人家不肯通融，一定要元宵节后马上收房子。杨浩一到北京，顾不上倒时差，就来帮婉丝搬家。年前他把钥匙留下来，她自己已经搬了一部分。正月里找不到搬家公司，人家都还在过年呢。

杨浩开车过来，装满一车纸箱子，运了两三趟，对婉丝说："你家这么小，居然有这么多东西。"还帮着她把空屋子打扫了一遍，好还给房东。平常住着不觉得，东西一搬走，空荡荡的，显得这套一室一厅真的很小。

下午回到杨浩家里，两个人都是一身汗和灰尘，轮流冲过澡，杨浩往沙发一倒，说："我困了，但是现在不能睡，给我做杯咖啡吧。"婉丝依言给他做了一杯，人家又说："我好饿。"婉丝便去厨房下面，头发还湿着，顾不上吹干，等端出来，他已经歪在沙发上睡着了，咖啡都放凉了。

婉丝叫醒他，让他去床上睡，杨浩咕哝着要婉丝陪他一起睡，婉丝也依言躺下。第二天两个人都醒得很早，被饿醒了，分着吃了昨晚的冷面条。婉丝开始拆纸箱，整理东西，乱乱地摆了一地，沙发上都是她的衣服。杨浩端着装满热咖啡的马克杯，在几个纸箱中间绕来绕去，说：“我想尽快去看房子。”

婉丝笑了，看来没有demo，只凭一张嘴，也能拉来投资，这两年没有白白跟着凌青。衣服挂进衣柜，杨浩的衣物就那么几件，被她挤在一边。他满意地看着衣柜，说：“咱们要买个带大卧室的房子，放个大衣柜，看我的衣服都被你挤到哪儿去了。”其实无论多大的衣柜，女人也能把男人挤得没地方，婉丝想，等她像凌青那样，什么都拥有了，也可以断舍离一番。

上午很快地消磨过去，杨浩帮她把空的纸箱压扁了，用塑料绳捆好，搬到一楼，等着打扫卫生的阿姨来收走。他这套房间原本像个男生宿舍，或者酒店标间，婉丝一进场，那些小物件摆在书架上，门口的鞋子多了两双，衣帽架上有她的皮包和围巾，厨房的餐具多了几套，摆满了壁柜。下午杨浩拖着她去逛家居卖场，买了成对的碗和水杯，还有一条柔软的长绒地毯，要把那条旧的替换掉，两人一整天都兴致勃勃。

晚上凌青约吃饭，庆祝婉丝找到新工作，婉丝便拉着杨浩回了家。他百无聊赖地等着，一边坐在沙发上玩手机，一边听浴室的水声。她昨晚湿着头发睡了，今天一直顶着个鸟窝头，毛蓬蓬的。他高声说：“你快一点，我想用卫生间。”她正在吹头发，请他再等一下，马上就好了。

晚饭在一家有名的淮扬菜馆，凌小姐请客，李子墨也在。婉丝穿了条半袖的浅灰连衣裙，大衣一脱，凌青就开她玩笑：“美女，你冷不冷，要不要换个不靠窗的位子？”杨浩笑着把手掌放在婉丝的背上，他的手掌温热。婉丝不太习惯在人前显出亲密，杨浩倒是满不在乎。

饭吃得差不多了，杨浩跟李子墨在聊一个新上市的游戏机，凌青要婉丝陪她去卫生间。她拿出化妆包来补妆，对婉丝说："有件事跟你商量：借你男朋友用几个月，舍得吗？"

原来凌青公司在海南的项目，现在正在紧要的时候，有个主管春节后离职了，凌青想让杨浩去救急。婉丝说："你们的公事，我怎么管得了。"凌青也笑了，说："你要是舍不得，我也可以重新考虑，不过眼下就他最理想。你知道，找个合适的人有多难。"

婉丝说："他不在北京也挺好的，我一个人多自由。"

凌青从镜子里看着她，抽出一张纸巾把嘴上的浮色抿掉了，说："行啦，你老是口不对心。就两三个月，周末你可以飞去看他，机票我们公司出。"

"不用你出。"婉丝说。凌青是好意，但是她觉得这样不好，欠人情，即使对方是凌青，她也不想欠她那么多。两个人回到饭桌上，杨浩和李子墨已经各自掏出手机，下单买新的游戏光碟。凌青一回来，话题的中心又回到她那里，她下个月要去巴厘岛看一艘沉船，是俱乐部组织的活动，之前去过一次，欲罢不能地上瘾，李子墨正好休年假，陪她一起去玩。凌青谈起潜水来，滔滔不绝，很晚才散场。回到家，婉丝记得下午新买的地毯还在车里，抱回家去，往沙发前面一铺，尺寸正好。她脱掉高跟鞋，裤袜也脱了，赤脚站在上面踩着，说："真舒服啊。"

不多时，连裙子也被丢在旁边，屋顶上的吊灯光影混乱，一片驳杂，继而忽明忽暗。新地毯很柔软，毛茸茸的既是触感，也是嗅觉，好像有亿万粒微尘在两人的鼻尖欢舞，房间的地暖热热地烘上来，令人躺着不愿起来。杨浩说：“可惜，下个月就要停暖气了。”

“你下个月就要走了？”婉丝说，“凌青告诉我的，你都不提。”她拽下沙发上的一截毯子，盖在自己和杨浩的身上。

“她跟你说了？我不想去呢。”

“为什么？舍不得我呀？”婉丝笑道。

杨浩坐起来，把手伸到茶几上去拿水杯，婉丝抢着先喝了一口。他说：“这个项目在公司里头，有很多争议，反对的声音很大，我不想蹚这浑水，跟凌青说了，我想做技术，管理不适合我。”

婉丝一时明白过来，原来凌青不是要征求她的意见，是要她来当说客呢。她想了想，作为朋友，不好不帮她这个忙，就说：“你去吧，我周末可以去看你。”

“去不去倒不是因为你，”杨浩说，“这是工作。我不想站这个队，说实话，钩心斗角的实在太累。我就羡慕李子墨，学技术出身的，还是做技术工作比较好。”

这一点，婉丝倒也认同。杨浩告诉婉丝，他跟凌青在工作上的想法，很多时候并不一致，但是凌青把他招进来，大家都认为他跟她是一派。在公司里，其实杨浩并不很得意，他学历好、懂技术，但是凌青用他完全是出于别的原因，一开始工作清闲、薪水高，是很满意的，时候久了，就觉得这不是他想要的职业，因为家里有这层关系，大家面子上都捧着他，其实他并没有机会去证明自己。这次凌青叫他去海南，他没答应，给出的理由是准备结婚，凌青三番五次地找他，已经有些不高兴了。这些烦心的事，杨浩都没跟婉丝说。

“你就去几个月，帮帮她，给我个面子。”婉丝说，“凌青说，等她招到合适的人，就把你调回来。”杨浩搂住她，语气中满是假装出来的委屈：“你舍得我吗？”

婉丝推开他：“这也是一种锻炼嘛，我觉得人不应该限制自己——只能做什么、只想做什么，应该多试一试。”不知不觉的，她把凌青的台词搬过来了，“你看凌青，她学历一般，不懂技术，英文也不行，可是她混得那么好，赚那么多钱，她的过人之处，我觉得值得学一学。”

杨浩笑了，一笑就停不下来，婉丝追问他有什么可笑的，有什么可笑的，不小心把放在地毯上的水杯碰倒了。婉丝忙着拿纸巾去吸水，杨浩把自己挪到沙发上，对她说：“婉丝，你刚才说那些话，真傻，就像书呆子的那种傻气，太可爱了。”

婉丝没搞懂杨浩到底觉得哪里可笑、哪句话不对了，杨浩说：“没想到你工作这么多年，还这么天真。算了，你要是抬出朋友交情，那我就去。”婉丝没想到他答应得这样快，空了一下，说：“真的要去？”

“又不行了？”杨浩反问，“你到底是怎么想的？我听你的。”

婉丝站起来，也坐到沙发上。早过了十二点，睡意全无。她催杨浩去海南，还有一层原因：关系似乎进展得太快了，看房子、买房子、结婚，她觉得这件事应该慢一点，在冷静中进行，趁着热恋就结婚，会不会太不谨慎了？她这个人往往在这种地方胡乱纠结：没遇到合适的人的时候，受过伤害、流过泪，等遇到了合适的人，近在眼前的时候，她反而又退缩了。

杨浩没想到她心里的这番矛盾，他想着的是另外一件事：既然要买房子，准备结婚，钱多了总没坏处，去海南，薪水比现在高一截，他不想被婉丝看作只会向家里要钱的人，从前她就这么误会过。现在她都来替凌青说话，那去就去吧。

两个人各怀心事，表面上达成了统一，都觉得困了，明早还要上班。第二天早晨，婉丝在地铁里，给凌青发了微信，对方只回复了两个字：多谢。婉丝想嘲讽她几句：凌总真有手段，迂回战术都用到我身上来了，写完看看，又删掉了，想着她也不容易，既然帮了忙，就别说风凉话。

事情一定，下周一杨浩就要离开北京。婉丝起初没觉得有什么异样，周五那天，她加完班，杨浩也忙，没来接她，就独自坐地铁回家，照旧看单词，一个一个地记诵，忽然想起杨浩一走，没人陪她练口语了——平常她要求他多讲英文，为自己营造环境。起了这个念头，满屏的字母都仿佛张牙舞爪，向她挥动起来，她觉得眼睛有点酸痛，把屏幕调暗了些，再看，心里乱糟糟的，干脆关掉软件，把脸贴在靠边的栏杆上，感觉金属的丝丝冰凉。杨浩让她先去看看房子，预算范围也告诉她，从来没问过婉丝能出多少钱。其实她手里是有些积蓄的，当然，跟房子相比，不过杯水车薪，但是她觉得，结婚是两个人的事，她总得表现出一些诚意，可是家里又在问她要钱，说头期款付过了，打完地基，要付后面的款项。

下午文华打电话来，口气期期艾艾的，婉丝就知道是要钱，一问，果然是。婉丝觉得这地基打得未免太快了，不过既然说好了由她支付，也就给了。至于结婚的事，她留个心眼，没跟文华提起，怕他们闹，逼她朝人家要钱，她做不出来，想着悄无声息地结婚就好了。要扯上她老家的那一套，她和杨浩恐怕都受不了。吴晓就是先例。

她关掉手机，算算自己手里剩下的数目，有些灰心丧气。工作这么多年，想建立一种普通的生活，都如此之难。杨浩说她傻，也许她放低一点姿态，花杨浩的钱也没什么不可以，可是她就是过不了自己这一关，扛得惯了，不知道怎么放松。搬过来之后，有一次她说，我分担一半房租吧，杨浩说我不要你出钱，你给我做晚饭来抵房租吧。虽然是玩笑话，她心里也是一紧，在经济的观念上，杨浩仍然是传统的中国男人想法，觉得自己应该承担更多，但是婉丝的难处他并不能完全体会，他只是需要一个理想的妻子。

周末，凌青约他们去怀柔爬山，逛红螺寺，踏青赏花。李子墨戴着口罩，舍命陪君子，只走了一半路，就不行了，鼻涕眼泪流个不停，凌青就让他一个人先下山去，自己则逢殿必拜，往功德箱里塞钱。婉丝悄声对杨浩说："你看她天不怕地不怕的，原来害怕因果。"被凌青听见，低声喝道："别当着佛祖胡说八道！"天气和暖，游人络绎不绝，厚外套都脱了拿在手上，寺中花木荫浓。婉丝说，我忘了涂防晒霜，要晒黑了，就拣有树荫的地方走。大殿一重重的，走进去眼前发暗，绕过佛像，出来又是一块明亮的天。婉丝说，其实咱们也应该拜拜。杨浩问："你想求什么？"她说："正因为没什么可求，所以才要拜拜，别被夺走了就好。"她这种因为觉得快乐，反而惴惴不安的心理，杨浩并不太懂，只觉得她今天兴致不高，也许是因为自己要走了。两个人向凌青借来三支香，也不认识什么神佛，插在香炉中，婉丝跪在蒲团上，杨浩站在她身后，背着双手，抬头望着涂金的泥塑，说："你说这么多人都来烧香，菩萨管得过来吗？"婉丝认认真真地磕了个头。

等凌青到各处都拜完，大家出了寺门，看见山路边上有人摆摊卖干果、手串、遮阳帽一类的玩意，杨浩就买了一顶草帽给婉丝，戴在头上，还挺好看，凌青给他们在山门前拍了几张合影，婉丝的脸都被大帽檐遮着，五官陷在阴影里，只有笑着露出的门牙，显得很白。

下山时他们手拉着手，凌青腿脚快，远远地赶在前头。那些石阶好像是绵延无尽的，走了一会儿，婉丝把手抽出来，说："别拉着，万一摔了，两个人都摔。"一前一后的两条影子，渐渐拉得很长。早春的暖意是脆弱的，太阳稍微偏西，一阵风过来就吹散了，漫山遍野蒙着一层轻浅的绿，显得凉森森的，两个人谁都没说话，却有着同样的念头：这条路永远走不完有多好。快到山脚时，凌青坐在一处大石头上等着他们，遥遥地喊："你们太慢啦。"婉丝加快了脚步，回到车里，李子墨放平了座椅，睡得正香。

杨浩不要她送机，两人约定好，周末不用加班的话，婉丝就飞去看他，结果连着好几周，忙得昏天黑地，经常在地铁里站着补觉，学英语都顾不上了。杨浩也忙，一开始两个人每天视频通话，后来渐渐地两三天一次，对着摄像头各自打呵欠，杨浩常有应酬，酒局比上班还累。有一天他说，我很想你，你请个假来看我吧，婉丝也在加班，去不了，他一脸失望，说那就早点睡吧。婉丝独自躺下，不一会儿他微信又来了，抱怨说："工作比我还重要？说来又不来。"

婉丝觉得这是无理取闹，一时不想理他，过一会儿又觉得他可能是太累了，就回复说："我也在天天加班，等闲下来就去看你。"

他没回复，婉丝一天下来也累了，懒得去哄他。第二天她问凌青：杨浩到底要在海南待几个月？凌青的回复是她也不确定，四五个月总是有的，一时招不到合适的人。婉丝没说什么，心想工作的事也说不准，她不想随随便便地请假，等忙过这阵子再说。

白天越来越长，满街柳絮的日子过去了，新公司附近能吃午餐的地方，婉丝都去遍了。同事们也熟悉起来，行业比较传统，她在这里不算年龄大的，坐在办公室里，周围很多四五十岁的同事，让她觉得很安心。有一天气温陡然升高，她脱了外面的针织衫，只穿着衬衫和裙子。这件衬衫的纽扣设计不好，婉丝胸围不大，侧面看还是会走光，她用一枚带装饰的小别针把两个扣眼中间别上，不但不碍眼，还有几分别致。到吃午饭的时间，大家都出去了，婉丝手头有事忙，叫了外卖，一边对着电脑敲打。一个四十多岁的男同事走来同她搭讪，东拉西扯，婉丝跟他不熟，一边敷衍，一边做出忙碌的样子，希望他快点走开。渐渐地，这人不但不走，反而胡言乱语起来，越说越不像话，问婉丝交过几个男朋友，一会儿又指着婉丝胸前的别针说："这是干什么用的？"说着伸手拨了一下。婉丝跳起来，刚要发作，几个同事正好吃完了午饭回来，一群人说说笑笑地走进来，把这件事打断了。她借机走出去，说自己的外卖刚送到，要下楼去取。

她乘电梯下了楼，在大堂里等着。午休时间，人来人往，旋转门转个不停，外卖还没送到。外头阳光非常好，隐约有了夏天的苗头，好些人已经穿着短袖在街上走。婉丝心里乱糟糟的，一时生气，一时又觉得恶心，心想这个人怎么这样猖狂，上哪儿去告他？跟领导说？没有证据，这种事情，万一他反咬一口，自己是新来的，又是女的，还是自己吃亏；跟同事说？也不行，同事都没深交，不知道底细。

她越想越气，外卖送来了，拎着一盒食物上楼，毫无胃口，刚出电梯门就直接丢进了楼道里的垃圾桶。前台用奇怪的眼光看着她，等她空着手经过时，叫住了她："黄婉丝，有你的快递。"婉丝接过一只纸盒，海口寄来的，掂着很轻，不知是什么东西，在办公室也没心情打开。整个下午，她努力调整自己的心情，可是这件事像蜘蛛网似的粘住了她，怎么也甩不开，那只龌龊的手一次又一次地伸过来。

好容易熬到下班时间，婉丝破天荒地没有加班，跟领导说身体不舒服，今天早点走，就抱着杨浩寄来的纸箱离开了。回到家拆开来看，原来他寄的是一串珍珠手链，婉丝算皮肤白的，戴珍珠很相衬。晚上，她对着灯光看那珍珠，一粒粒圆润柔亮，蒙蒙地发光。平常婉丝不戴什么首饰，自己也没买过，收到这件礼物，加上白天的事，心里更乱，拿不准要不要跟他说，想来想去，只发了个微信，说：谢谢。杨浩回复说他还在加班，晚点打电话。等他打来时，已经过了半夜，婉丝睡着了，电话在充电座边上响着，响了几遍，她也没听见。

第二天上班前，婉丝把昨天穿过的那件衬衣揉成一团，扔进垃圾桶，又把杨浩送的珍珠手链戴好了，到公司里，但凡有人问起，就说是男朋友送的。她想着，这种事只要不再发生，就这么算了。同时，她也从旁人那里打听，原来那个同事是老板的远房亲戚，在这里混日子，于是更不想招惹麻烦。作为被骚扰的受害者，她反而比对方更加小心翼翼，自己也觉得不对劲：这叫什么世道呢？

11

李芸打电话来的时候，婉丝还犹豫了一下。上次见面还是离职谈话，她那种冷淡甚至有些敌视的态度，让婉丝觉得委屈，不过时间一长，不愉快的情绪过去了，回忆起来的还是过去做同事的时光，大家相处不错，也是姐姐妹妹亲热过的，因此婉丝接起电话来，语气也很高兴。李芸约她吃饭，约在从前她们常去的一家餐厅。

当晚，婉丝准时出现，这家餐厅主要做白领们的午餐生意，晚上人不多，只有寥寥几桌。李芸比她来得更早，打扮比从前时髦多了，是凌青那一路女魔头的硬朗风格，看来学得挺快。她拿出老朋友的熟稔态度来，逼婉丝交代情史，婉丝就大概说了说和杨浩的情形，说最近太忙，等有时间，就去看看房子。

李芸眼下是单身，前男友在一家药企工作，两个人刚刚分手。说到这个，她只是稍微低落了一下，转眼又笑起来，说："像他那种人，没出息的，不上进，早点分了也好。"

她那个前男友，婉丝见过两次。他们俩刚刚热恋的时候，男生天天来接李芸下班，人长得高高瘦瘦的，有点腼腆，看起来是很相配的一对，听说跟李芸还是同乡。还来不及感慨，就听李芸说："Vincy 姐，你跟凌总很熟吗？"

"她以前也在咱们公司，还算熟。"婉丝说。

李芸提起自己跟着凌青工作的种种，对凌青赞不绝口，像个小粉丝似的崇拜她。婉丝一方面为朋友自豪，另一方面，也在观察李芸，不知道她是不是有什么话想说。果然，聊了一会儿后，李芸说："凌总最近好像心情不太好，不知道她遇到什么事了。"

婉丝说她也不知道，最近总是加班，没怎么跟凌青联系，这是实话。李芸不死心，继续问："那她平常有什么爱好呢？休假都去干什么？只要在公司，我看她从早到晚都是工作，整个是个工作狂，除夕那天还给我安排活儿呢。"

婉丝想想："她喜欢潜水，一休假就去，朋友圈经常发照片，你没看见过?”话一出口，她就后悔了，很可能凌青发这些照片是分组的，李芸作为同事，不在可见范围内。不过李芸倒是面不改色，说是啊是啊，我也正想去学呢。

这个话题就跳过去了。婉丝想问，凌青出去玩，让你帮她喂猫没有？想想又算了，就算她为了讨好凌青，撒个谎说喜欢猫，又怎样呢？大家都是打工，讨个生活，何必揭人家的短？搁在十年前，以黄婉丝那种爱较真的性格，是一定要问清楚的，现在，人长大了，变得圆融，有些事心里明白就够了。这顿饭吃得还算开心，两个人说起老东家的种种人事。原来她们走后，几个高管也离职了，不光底下在换血，高层也有动荡，听说今年普遍都要降薪。两个人都感慨：还是被裁的好，不然给逼得没办法，主动离职，连补偿金都拿不到。公司肯拿着《劳动法》裁人，还算是厚道呢。

李芸说要去学潜水，并不只是说说。没过两天，婉丝就看见她发出上潜水课程的照片，在空荡荡的水箱里比出 V 字手势，凌青给她点赞。很快，她又晒出考试合格的初级证书，杨浩在下面评论说：“你的动作还真是迅速。”

婉丝这才想起来，李芸跟杨浩也是同事，有互动很正常，可是这句评论让她心里有些不舒服——她跟杨浩已经好几天没通过电话了，婉丝下班很晚，杨浩也一直说太忙，结果他却有空刷朋友圈。李芸学潜水的事，看语气，也是跟他私下聊过的。他到底是不是真的那么忙呢？

一念及此，就胡思乱想起来。在恋爱中，女人的想象力是超凡的，尤其是一个人独处的时候，把所有事情都往坏处想。晚上她给杨浩打电话，对方没接，她让他有空就打回来，然后一直等到快十二点。

杨浩说，他今天去海边跑步了，打算以后天天都去跑，说到这边的天气、海水的温凉，他常去酒店附近的海里游泳。他一直在说，直到婉丝打断他："你就光说你自己，都不问问我的？"她语气不太好，杨浩一头雾水："怎么了？不是你在问，我每天都做什么吗？"

婉丝一时卡住了。她也知道自己在找碴儿，总不能因为人家给女同事的朋友圈点个赞，就跑去吃醋，太可笑了，她不能拿着莫须有的罪名扣在他头上。杨浩说："婉丝，我每天都很累，你别闹了，好吗？"

婉丝心里有委屈，她想把被同事骚扰的事告诉他，最终也没说。说了能怎么样？杨浩会劝她离职，"大不了我养你"。婉丝遇到困难，想要寻求帮助和建议的时候，他就会这么说。婉丝知道他是好意，可是这种话对她完全没用。

"你什么时候过来看我？"杨浩又问。

"不知道，我也很忙。"婉丝说。

"新工作开心吗？"

"还可以。"

"你别老在家里闷着，出去看看电影，跟朋友吃个饭。有没有约中介看房子？"

"太忙了，没有空。"婉丝说。周末只想补觉，有时候晚上想看看书，没两页就会睡着。

"我很想你。"婉丝觉得，每次到了没话可说、要挂电话的时候，他就会这么说。

沉默了几秒钟，她说："我也想你。"此刻她甚至有点后悔，不应该劝他走，虽然她相信自己，也愿意相信杨浩，但是人不在身边，感觉终究是不同的。凌青原本说的是只要两三个月，杨浩就能回北京，可是工作一做起来，人就身不由己，婉丝只能尽力去理解。

转眼快到五一，婉丝本来打算趁着放假去看看杨浩，一看机票，比平常贵得多，就改了计划，打算过段时间借个周末再去，杨浩为此还有点不高兴。利用三天的假期，凌青又要去潜水，临走之前，她给婉丝打电话，说李芸出差了，不在北京，拜托婉丝照顾哈雷。婉丝答应着，问她派李芸去哪里出差，凌青才说是去了海南，给杨浩帮忙，她觉得这个姑娘值得好好锻炼一下，婉丝没说什么。这一天凌青过来给她送钥匙，顺便一起吃午饭，婉丝提起李芸，凌青说："她自己想去，求我好几次。那边缺人手，杨浩也跟我要人呢。"

婉丝用叉子拨弄着盘子里的番茄，凌青最近嫌自己胖了，中午总是沙拉代餐，婉丝觉得这种青菜沙拉像是喂兔子的草，毫无味道。凌青不爱吃酸的，把自己盘子里的小番茄匀给她。

"你什么时候过去看他，我让李芸给你订机票。"

婉丝说不必了。凌青下午还有事，匆匆地吃完就走了。第二天下了班，婉丝先到凌青家里，帮哈雷收拾猫砂、添食、添水，然后坐在落地窗前的地毯上，看着哈雷举着尾巴慢悠悠地走过来嗅嗅，舔她手背两下，算是很给面子。凌青这房子买得早，现在价钱翻了几倍了，婉丝在屋里转着，精装修，面积够大，家具不多，但是摆放得很讲究，与凌青本人的气质很相合。哈雷回到它的华丽城堡，在高处俯视着婉丝，焦糖色的圆眼睛几乎占了短脸的一半，婉丝踮起脚，伸手去挠它毛茸茸的下巴。

五一放三天假，她去看房了，中介舌绽莲花，她则一心一意地挑毛病。当年毕业租房子，婉丝做决定很快，只看了两三间就定下来，现在要买属于自己的房子，她一下子就挑剔起来，朝向、户型、地段、价格——价格尤其敏感，中介喜欢带人看贵的房子，因为贵总有贵的好处，买家的眼光被吊起来，超预算也就顾不得了。婉丝在价格上卡得很死，虽然之前凌青说过，如果买房子，钱不凑手，可以向她借，婉丝觉得还是尽量不背外债的好。

这几天，她跟着房产中介，出出进进各种住宅区，新的、旧的、高的、矮的、带花园的、有喷水池的，有的楼道整洁如新，有的凌乱阴暗，玻璃窗都是破的……一个又一个，婉丝总觉得有哪里不对劲，都能发现新的问题：厨房太小啦，卫生间没窗户啦，卧室采光不好，或者卧室采光太好，下午有夕晒啦，到最后，带她看房的中介很有耐心地问她："姐，你到底想要什么样的？"

此刻他们站在一处小区的大门外，刚刚看完一个一百多平方米的两居室，婉丝觉得客厅的光线不好，白天也要开灯，中介说这是因为阴着天，换个晴天来看，是很明亮的——其实天气很好，只有几片淡薄的云而已。带她看房的是个二十来岁的年轻人，陪着她走出来，因为热，把西服外套也脱了，搭在手上。婉丝觉得过意不去，这些天人家一直给她推荐房源，陪着她东看西看，结果全是白忙活。走到小区外面，路边有家小卖店，婉丝进去买了两瓶水，给他一瓶，两个人站在路边喝着水。婉丝问他从哪里来，小伙子原来是东北人，来北京两年了。

婉丝也说不清楚，自己到底想要什么样的房子，或者说，这几天马不停蹄地看房，并没有哪一处让她觉得：哦，这就是我将来的家。家的概念、形象，在她心里是模糊而缥缈的，像一个飞在高空的风筝影子，摇摇荡荡的，不能落到实处。她向东北小伙子道歉，说他这个问题提得好，自己是应该好好想想，最近就不看了，有需要会再找他。

杨浩说，你这是选择困难症，因为看得太多，挑花了眼，反而无法做决定。他这样下定论，婉丝也不去解释，因为解释也说不清楚。她到底为什么犹疑？钱不用她操心；人呢？杨浩是个非常理想的结婚对象，而婉丝并不是不向往婚姻，她跟吴晓也曾谈婚论嫁，论感情，论条件，吴晓全方位地输给杨浩，表面上看，找不出不想嫁他的理由。

不再看房之后，婉丝隐隐地松了一口气。她习惯性地逃避重大决定，似乎是怕担责任，也怕犯错，这也许是因为杨浩离开太久了，跟他在一起时，那种快乐的、稳固的、安定的感觉渐渐消失，又回到一个人的生活、孤独而单调的轨道，回到他出现之前的那些日子。这些天连电话都打得少了，不知道他在忙些什么。

婉丝觉得，这样下去可不妙，不说杨浩怎样，自己先要变心了。五一过后的第一个周五晚上，她飞去海口，李芸被派去机场接她。李芸晒黑了，穿着吊带背心和热裤，露出两条修长的腿，脚上踏着草编风格的坡跟拖鞋，一派度假的轻松风格，不太像工作的样子。一路上，李芸开着车，向婉丝问长问短，说公司安排的酒店非常好，带高尔夫球场，带游泳池，还有海景，婉丝只是淡淡地说她来过，跟杨浩就是在那里认识的。

杨浩结束工作的时候，已经很晚，他坚持要带婉丝去吃夜宵。海鲜粥里有大块切开的螃蟹、点点绿色的葱末，两人并排坐在一张长桌头边上，电线从头顶上拉过去，吊着孤零零的一只灯泡。大排档很简陋，快到午夜了，仍然人声喧哗，地上有垃圾碎屑，杨浩的腿贴过来，蹭着婉丝的膝盖。这种地方，这种时间，似乎只适合亲密的人。婉丝说："这个粥真好喝。你和同事也来过吗？"

杨浩说："没有，这儿没发票。"

"那你一个人跑出来吃东西？"

"一个人就叫外卖送到酒店。"

婉丝爱吃螃蟹，杨浩把自己碗里的一大块也给了她，看着她低头啃蟹腿，一边伸手抚摸她的头发——长长了些，发梢披在背上。吃完了，两个人走回停在路边的汽车，这辆车是项目上用的公车，李芸接她也是开这一辆。他们沿着海边的一条道路行驶，杨浩把车窗降下，让海风吹进来。

婉丝问："李芸在这里做什么工作？"

"算是我的助理，"杨浩说，"就办我交代的事。"

"凌青说她特别懂事。"

"婉丝，我们不聊别人了，好吗？"杨浩说。带着微笑，他左手扶着方向盘，右手拍拍婉丝的腿，薄软的裙边落在大腿中间，露出白色的膝头。前方，一段山坡上灯光点点，是酒店到了，两个人拉着手回到房间，大床宽敞，软得像要把两个人都吞掉似的。

早上，日出海面，透过整扇的玻璃窗，不必起床就看得到。杨浩今天也休息，赖着不愿意起来，被婉丝拖着不情不愿地穿了衣服，下去吃早饭，在餐厅又碰见李芸，她当然也住这里的。李芸想去市区逛街，杨浩就提议说可以送她过去。他和婉丝也要开车到处转转。

吃过早饭，三人来到车库，李芸拉开副驾的车门，很自然地坐了进去。婉丝愣了下，看见李芸忙着又钻出来，说：“我还是坐后边吧。”婉丝心里有些不快，也不便说什么。杨浩开着车，送李芸到了市区的一个购物中心，然后问婉丝：“你今天想干什么？”

“不知道啊，你安排吧。”

“你也想逛街吗？或者找个海滩发呆？”

“我不想晒黑。”婉丝皮肤白，是她相貌上最大的优点，因此格外注意防晒，她本人也是一晒就黑的体质。

“那你到底想去什么地方？我听你的。”

“我又不熟，我哪儿知道？”婉丝把随身带着的遮阳帽扣在腿上，车窗外阳光刺目，凡是没遮挡的地面，全是白花花的一片，像要融化的肥油似的。

“是你叫我起床的，”杨浩说着，“我以为你有什么计划。”

婉丝从他的话音里听出责备，听出些微的不耐烦，就说：“那就回去接着睡觉好了。”

杨浩没说什么，调转车头上了马路。婉丝看见副驾驶座位前面的挡风玻璃下塞着一张 CD，光盘裸着，包装盒扔在旁边，婉丝就随手拿起那张盘，想收到盒子里。碟片上印着一个白人女歌手，婉丝认识，是杨浩喜欢的艾微儿，就说：“你出差还带着 CD。”

杨浩告诉婉丝，那是李芸的，也不知道她从哪里淘来的，她也喜欢艾薇儿，“她来了没几个礼拜，在这里混得比我还熟。昨天咱们吃的那家海鲜粥，也是她推荐的”。

婉丝没说什么，把光碟推进驱动器，前奏是轻浅的，像流动的溪水，她把草帽戴在头上，对着化妆镜调整角度，补上可以修饰肤色的防晒霜，手脚也都涂了，对杨浩说："我不想回酒店睡觉，咱们找个海边玩吧。"结果还是得回去一趟，杨浩拿了冲浪的装备，带婉丝去了她上次一个人吃椰子鸡的那片海滩，那家店已经找不见了，一定是做得太差关门了。

婉丝不会游泳，也不喜欢海水和沙子粘在脚上，就远远地找张长椅坐了，买个椰子慢慢吸着喝，零星地有几只海鸥在飞。杨浩的身影在白浪间若隐若现，他晒黑了，看来经常在户外运动。近处的沙滩上，一对情侣铺着色彩鲜艳的毛巾，两个人半卧着吃东西、看书、聊天，一会儿又亲吻，女生往男生赤裸的背上涂防晒霜。木板铺的观光步道上不断有人经过。

中饭随便买个面包就混过去了，玩到下午两三点钟，两个人准备回去。婉丝上车之后，车都开出很长一段路，眼看要到酒店了，她才说："听说，副驾驶只有女朋友可以坐。"

过了几秒钟，杨浩才回答："对，有道理。你晚上想吃什么？"他身上还带着海的味道，咸而涩，头发是潮湿的。

"那以后不要让李芸坐这里。"话一出口，这么直白地吃醋，婉丝自己都觉得有点牵强。

杨浩有些惊异地看她了一眼，说："你不会一整天都在想着这件事吧？"

婉丝涨红了脸："我刚想起来的。"

"这是公车，她是同事，我是她的上司。婉丝，你是不是太有想象力了？真是不着边际。"

其实，他只要哄着说，好好好，以后只许你坐，不许别人坐，事情也就过去了，可是他还没有那么成熟大度，他觉得婉丝今天的态度太冷淡了，只管独自一人远远坐着。他明明看见别人家的女朋友帮男朋友涂防晒油，两个人一起喝椰子水，而婉丝只是说："你自己去玩吧，我在这儿坐坐就好。"

婉丝不说话了，本来想象着碧海蓝天，两个人携手同游，结果只是她一个人无聊地坐在旁边，感觉被整个世界排除在外。她觉得委屈，又找不到出口，最后她说："你带她去吃过海鲜粥，对吧？不对，应该是她带你去的。"

杨浩说："婉丝，你要是觉得李芸是这种人，不喜欢她，何必把她推荐给凌青呢？"

"我没有怀疑她的人品。"

"那么就是怀疑我的人品了？"杨浩替她把咽回去的后半句说了出来。他开始生气了，他没有跟婉丝真的发过脾气，可是这次不同，他被说中了，他确实跟李芸去吃过那家大排档的夜宵，但是她总不能因此就定他的罪。

"你真的跟她一起去过。"婉丝敏感地发现，杨浩并没有否认。

"我忘了，"他说，"我真的忘了，婉丝，我每天都很忙，周末都拿来补觉。你明天就走了，咱们好好相处，不吵架，好吗？"

"那你为什么要撒谎呢？"

"我只是忘了！她只是同事，她不重要，我不可能记得每顿饭在哪里、跟谁一起吃的，你知道我每天面对多少麻烦事吗？"

婉丝想，再麻烦，也没有我碰上的咸猪手更恶心。她差点就要把这件事说出来了，只差一点，还是忍住了没说——她不想节外生枝，也不知道男朋友会对这种事怎么看待，万一他说：谁让你穿走光的衣服来着？那就死无葬身之地了。

有时候，情侣吵架，是在比惨——谁付出得更多，谁得到的更少，谁更忙更累，谁应该得到更多的体贴关心，平常被偏爱的那一位，真正吵架的时候反而容易输。婉丝自知理亏，没有证据就胡乱吃醋，她也没想到对方的反应会这么大，平常杨浩是很会哄人的，今天的他特别没有耐心。

因为生着气，晚饭也没去吃。回到酒店，就在房间里各干各的，婉丝坐在窗前的沙发上玩手机，杨浩洗过澡就在床上打开了电脑。电子产品就有这样的好处，使人随时都显得有事可做，不用忍受相对无言的尴尬。

最后，还是杨浩打破僵局，说，我要下去吃点东西，你去不去？婉丝说不去，他就说，那我也不去，都饿着吧。最后，临睡前，两个人掏出酒店迷你吧里的饼干分着吃了一包，各自灌下一瓶冰可乐，虽然没有说什么话，气氛也缓和下来，算是临时的和解。婉丝仍然觉得自己委屈，杨浩气也未消，然而夜已深了，两个人还得共睡一张床。

杨浩很快就睡着了，婉丝在黑暗中刷着手机，眼睛有些酸疼，越来越清醒。她深知杨浩不会出轨，他从头到脚都是那么真诚的一个人，如果他不爱了，他会直接离开，而不屑于耍手段欺骗，然而另一方面，自己对人的判断总是不太准确，感觉也可能是假的。她翻过身，伸手摸到他被单下的身体，肩膀、背、腰、手臂，一切都很真实，仔细听，他的呼吸声和遥遥的海浪几乎是同一节奏，睡得很深了。婉丝想起他的种种好处，他的温柔和善、他的热情开朗、他时时流露出的孩子气，让人忍不住地就要原谅他。

婉丝轻手轻脚地起床下地，绕过床尾。她想把窗帘拉上，让他明天可以睡个懒觉，不至于一大早就被阳光晃醒。很巧，她走过去的时候，正好看见杨浩的手机放在床头柜上充电——电子产品还有另一样好处：遇到的人、说过的话、做过的事，都会留下痕迹。

她拔掉充电线，把杨浩的手机拿起来，贴在睡衣的胸口，防止亮光漏出来，有一种惯犯的熟练和灵巧。不能站在他面前偷看，她会感到紧张。她爬上床，拉过双人被的另一头，空调吹得很冷，发出嗡嗡的响声。屏幕点亮，九宫格的数字框，她吸一口气，循着记忆输入密码，输入了一次，一次，又一次，她确认自己没有按错，还是不对，她盯着那些静止的方框，意识到一个事实：他改密码了。

酒店依山而建，整栋楼都朝向正东。第二天一早，朝阳洒满了整个房间，杨浩睡得迷迷糊糊的，将手背遮在眼睛上，他感觉有人在房间里走动，就说："婉丝，拉上窗帘，我还想再睡会儿。"脚步停顿住，随后移向窗边，窗帘抖抖簌簌地响，房间重新变得幽暗，杨浩咕哝着说"谢谢"，翻过身又睡着了，蒙眬中将手伸过去，只触到凉凉的床单。

等他再次醒过来，已经九点多了，婉丝不在房里，她的行李箱立在门旁，不像昨天那样摊开放着。杨浩起来，将手机从充电座上拔下来，给婉丝打电话，她接听了，语气很开心，说出去散步了，马上回来。她回来了，穿戴整齐，长裙子、草帽，还是在红螺寺买的那一顶，带到海南来了。她一脸的笑意，好像两个人不该有隔夜仇似的，要杨浩和她一起去吃早饭。

杨浩想，女人就是这样，哄她，她不理；不哄她，她自己没意思，过后也会好。心里这么想着，嘴上还说："好啊。你怎么起得这么早?"

"被饿醒的。"她说，伸过手来，拉住他的手，昨晚的不快仿若烟消云散。上午的时间转眼就过去了。在酒店的游泳池里，杨浩教婉丝游泳，耐心地告诉她如何闭气，鼓励她摘掉游泳镜，在水里睁开眼睛，因为"感觉很自由"。她一次次地尝试，忍受着水的压力，眼前一小片模模糊糊的碧蓝，最后她说："还是戴上泳镜的好。"

不久，李芸也来了，她身手矫捷，跃入水中，向着对岸游去，片刻间就回来了，从水里冒出头来，对婉丝说："Vincy 姐，你什么时候的飞机？我去送你。"她笑容满面，脸上的皮肤晒成浅棕色，衬得一口牙齿白森森的。婉丝还没回答，杨浩说："下午我送她，你回去查查邮件，有件急事要办。"李芸答应着，返身又没进池水里。

婉丝说累了，两个人就回了房间。婉丝一个人在冲澡，冲了很久，久到杨浩都等得无聊，打开电视，在一堆广告中间跳来跳去，找不到一个想看的节目。婉丝出来时，全身只裹着一条长而宽的白毛巾。她坐在床沿上，湿的头发散在背后，偶尔露出几寸皮肤，杨浩俯过身，顺着发丝的缝隙吻上去，像在错综复杂的深林中找到一条隐约的小路，通向繁花盛开的地方。婉丝不会说她喜欢怎样，但是她的反应是及时的、积极的，温存而不失激情，杨浩认为她在其中得到的乐趣跟自己是一样的多。渐渐地，他们形成默契，组合成一台齿轮咬合良好、运转顺滑的机器，共同完成一件圆润完美的作品，作品的名字就叫"性爱"。他不知道有时候女人会假装高潮，非常投入地表演，演到自己都以为是真的，不光骗情人，连自己都骗了过去。

下午在机场，他一直送到闸口，婉丝答应他一有空就过来。依依惜别之后，她一转身就加快脚步，怕自己一回头，就要忍不住去质问他为什么改手机密码，这个问题她憋了很久，想来想去，还是自己的不对，最好就略过不提。为此，她一整天都装作轻松愉快、满不在乎。面对男朋友，她甚至觉得羞愧，这些复杂的情绪直到晚点的飞机终于落地，她拖着行李箱等候机场大巴的时候还缠绕着她。婉丝暗暗发誓，再也不要干这么猥琐的事情，然而，杨浩若是真的光明正大，为什么非要改密码呢？他发现了婉丝的举动，为什么不直接责问而是要用这种方式来抗议？这种以其人之道还治其人之身，让婉丝意识到，自己与他虽然亲密，也并未完全了解这个男人，正像她也不能真正地看透自己一样。

12

凌青终于肯把杨浩调回北京的时候，已经是七月，两个人已经两个多月没见。婉丝去机场接他，看见他黑了瘦了，笑着说："你怎么像只黑猩猩？"杨浩搂住她的肩膀，说："今天晚上，你就会知道我究竟是不是猩猩。"出了大厅，外头是漫天遍地无处躲藏的酷热，杨浩有几天假，就提议去他租的农家小院。好久没去了，那里凉快又安静，适合过个周末。

这个地方，夏天以来，凌青借用过两次，和李子墨一起来玩，爬爬周围的野山。除此之外，没有别人来过。一进门，婉丝就看见两把宽大的藤椅摆在院中，凌青果然把她父母家的东西搬过来了。这种椅子徒有其表，远不如沙发舒服，在室内根本没人想坐，搁在户外，就显得很有情致了。

两个人合力将屋里屋外收拾了一遍，拂去灰尘，换上干净的被单，烧开水，煮冰箱里的速冻饺子当晚餐。饺子上桌，发现家里没有醋，约等于画龙不点睛，是绝对不行的。婉丝换上运动鞋，去村里的商店买一瓶醋，回来的路上，望见村外的两座浓绿的山峰中间，夹着一个暗红的夕阳，非常艳丽，就拿手机拍了下来，回家后给杨浩看，说不如明天去爬这座山。结果第二天谁也不想早点儿起床，磨磨蹭蹭地吃过早饭，爬到山顶的时候，已经快中午了。

婉丝用手遮在眉毛上，说这座山看着不高，怎么爬起来这么累。他们走的是一条人踩出来的小道，崎岖狭窄，两旁净是疯长的野草和带刺的树枝，山顶上光秃秃的一块平地，没什么可看，只有一块大石头光滑平整，看来常有爬山的人在这里坐着歇脚。杨浩也坐下了，太阳镜摘下来拿在手里转着，婉丝还在四处张望，天空上遥遥地掠过两只鸟。

坐了一会儿，他说："婉丝，有件事，我想跟你商量。"语气严肃，不像他平常的风格。婉丝问："什么事？"

"我跟你说过，我妈妈身体一直不太好，你记得吗？"

婉丝其实不太记得了，也只是含糊应着。

"上个月我爸打电话来，说他们打算来北京住一阵子。我妈曾经得过子宫癌，当年算是治愈了，现在又复发。"

"很严重吗？"

"她来北京，一是为了治病，二是，她也想见见你，想看见我结婚。”

婉丝点点头，表示理解，但是杨浩以为这就是同意了。他站起来，向牛仔裤的口袋里掏着。婉丝先是一阵恐慌，觉得时间地点都不太对，但是人应该是对的，也只能是对的、必须是对的，平生她最怕的情绪就是后悔，总是担心自己不再有翻盘的机会。他掏出一只深蓝绒布做的小方盒，这戒指选得好，符合婉丝的审美——过后凌青才揭秘说是她帮忙挑的，样式简单，钻石不大，在山顶的阳光下，晶光闪烁，尺寸刚好合适。她不知道求婚的规矩，戴上去试试，试过又想拿下来，被杨浩一把攥住手，说："这哪儿有戴上又往下摘的？"他们就这样手拉着手下了山。

决定要结婚之后，很多事情就显得顺理成章起来。他们一起去看房子，婉丝只看了第一家就觉得可以买了，杨浩说："总不能看一套房子就决定。"又拉着她看了几套，比较过后，果然是第一套最好，结果人家已经签约了。婉丝有些怪他，坐在车里，看着路两边密集无间的高楼大厦，杨浩说："房子多的是。错过这个，后面还有好的。"

婉丝"嗯"了一声，奔波一天，有点累了，她不想说话，一半是因为惋惜那房子，还有一半，是因为结婚的课题一摆上桌面，就不能不跟家里发生联系，总不能真的不告诉他们。婉丝知道自己没有那种一咬牙就跳出常规的勇气。

"你跟家里人说了吗？"杨浩问她。

"还没，"她犹豫着，说，"他们忙着盖房呢。"自己也觉得这两件事之间没什么直接的关联。杨浩看了她一眼，"你妹妹最近怎么样？"

"挺好的，她成绩一直不错。"

“这一点像你吗?”

“像我。”

“将来的孩子也能像你就省心了。”

婉丝笑了，她觉得，小孩子最好不要像她，如果是女孩，最好养成凌青那样彪悍的性格，不受欺负。杨浩觉得那样的人未免太张扬，将来没人敢娶，两个人有一搭没一搭地闲聊，渐渐地这个话题似乎飘得太远了。什么样的房子，什么样式的家具，什么模样性格的小孩，婉丝知道这些都是美好的，又因为太美好而不像真的，好像小时候上地理课，在书上看见全世界的风景，隐隐觉得自己将来一定会到达。那些地方到现在她也没有去过，人生充满着各种不确定，想做的事没有做到，或者该来的人没有来，只有时间不会失约。

晚上，他们难得有兴致自己做饭，杨浩无论在外面吃过什么，记住味道，回家试着就能模仿到八九不离十，这次他亮出一口昂贵的铁锅——在北京工作的第一个月，拿到工资去买的。婉丝看着他用鲜贝和虾煮粥，他说他妈妈很长一段时间身体不好，家里总是炖着各种汤粥。婉丝问他妈妈什么时候来，杨浩算算时间，说大概下个星期，将她吓了一跳，“这么快！我什么准备也没有”。

“你要准备什么?”杨浩笑道。锅盖封得很严，热气闷在里面，外头一派宁静，只有幽蓝的小火苗。

婉丝想着，不知道她妈妈过来住在哪里，自己要不要搬出去，杨浩说：“她得住医院，回不了家。”

婉丝替自己刚才的念头羞愧了一下。杨浩说，他爸爸回来，也会在医院附近住酒店，为着照顾病人方便。他煮的粥果然好喝，餐桌上热气氤氲，越来越像一个家，婉丝还不习惯手上多个戒指，洗碗的时候摘下来，连同那串珍珠手链都放在旁边。杨浩说：“这个手链是李芸先买了一串，她说女生都喜欢珍珠，我也买了给你。”

不知怎的，婉丝心里一动，一边洗着碗，一边把在办公室被骚扰的事情说了出来。杨浩的反应果然如她预料，“那你还去上班？干吗不辞职？”

她自己做HR的，知道跳槽频繁，简历就不好看，况且对方知难而退，也没有继续来找麻烦，就说：“他不敢再来了，我发了邮件吓唬他，说再有一次立刻报警。”

也许是她平静的语气让杨浩觉得不可思议，他不知不觉地提高了声音，说：“婉丝，你怎么好像一点都不在乎呢？这种事，完全可以去告他。”

“他是老板的亲戚，况且也没有人证物证，怎么告？”婉丝说，一边用挂着毛巾擦干手，“而且，事情都过去这么久了。”

“你当时为什么不告诉我？”

“告诉你有什么用？你又不在北京。而且，”她停了一下，“也是找了很久才有的工作。”

婉丝觉得，杨浩有一种特别的禀赋，总能准确地选在她需要安慰的时候，偏要跟她摆事实讲道理。杨浩认为婉丝不应该就这么算了，只会助长恶人的狂妄，他既然对新来的女同事如此胆大，那么受害者肯定不止婉丝一个人，她为什么不去问问其他的女同事，也许她们也被或明或暗地骚扰过。找到盟友，搜集证据，就算法律不能惩罚，至少要让他在公司里待不下去……对，婉丝说，他说得都对，她不是没有想过把事情闹大，出一口恶气，那么，然后呢？

“就算你不想离职，也不能轻易放过这种人。”杨浩说，他尽量客观地帮婉丝分析事情，而不掺入男友的私人情感，然而这是不可能的。他非常生气，甚至生气的对象已经超出了那只伸向女朋友的咸猪手，蔓延到与之相关的一切——婉丝那种冷静得像事不关己的态度，她上班之前的梳妆打扮，经常的加班，也许那个办公室里的败类还在暗中觊觎，想到这些，嗓子都在冒烟。

婉丝擦干了双手，重新戴上戒指，问他：“然后呢？闹大之后，你觉得我还能在那儿继续工作吗？会有同事放着好好的饭碗不要，跟着我去闹腾吗？你现实一点，道理谁都懂，可是日子总得过呀。”说完这句话，惊觉自己的语气像极了自己的妈妈，每次爸爸因为赌钱或者喝酒，她抱怨两句，挨了打，就会说：“日子总得过呀。”好像过日子的全部意义就在于不断地忍耐和等待，期望一个模糊的将来。现在，婉丝走出来了，远离了他们，她有自己的生活、工作、爱人，马上就要有一个甜美幸福的家，可是她仍然习惯忍耐，担心抗争的力量会反噬过来，毁掉自己，毁掉眼前脆弱而美好的一切。

杨浩对她这种近乎麻木的态度简直不敢相信，他扶住了她的肩膀，说：“你不想把事情闹大，那你就离职。我不想让你每天还去那里上班。婉丝，这你能理解，对吧？”

“我能理解。”她说，不明白为什么每次自己遇到挫折，还要分出力气去理解他。她能，当然能，永远能，可是杨浩并不满足于此，他不光要她理解，还要她依他的话，马上辞职，正好准备婚事，装修新房，也能帮他照顾他妈妈，工作就慢慢再找。婉丝拒绝了。当晚，他们上床后没有做爱，而是各据一边。吵架这种事，有时候是姿态大于实质的，婉丝并没有她表现出来的那么生气，因为他在为自己吃醋继而恼火，她甚至感到一丝丝的快意，类似复仇一般的痛快，为了他不声不响地改掉手机密码，为了他明知道自己的偷偷摸摸，却连一句质问和指责都没有，好像早就料到黄婉丝是这种人。

她脸朝外侧躺着，戒指上的钻石在黑暗中闪着幽光。她握上拳头，翻过手碗，看着那寒光流动，像整枚月亮浓缩在手指间，而夜空中只剩下几片空悠悠的薄云。他翻过身来，又抱住了她，睡在同一张床上的两个人，很难长久地背对彼此，情绪会渐渐平静，争执也能化于无形。然而他是他，她是她，合二为一是永远不可能的，婉丝再一次地表演假想中的高潮，连生理反应都模拟到逼真至极，她知道这是不对的，不正常、不自然，而男女之事本应是自然之至，所以，当杨浩问她喜欢哪样的时候，她的措辞十分谨慎，生怕被对方看出端倪，在这方面杨浩颇有君子之风，他是乐意效劳的。她小心地引导，怕伤了他的面子，而真正的问题并不是出在他身上。

总之，短暂的冷淡过后，他们重归于好。第二天早上起来，婉丝冲过澡，准备去上班的时候，杨浩忍不住又说起昨晚的话。她安抚他："我早晚会离职的，再过几个月，时间长一点我再跳槽。你放心，我不会再让他靠近的。"她不肯告诉他那家伙的名字，怕他用男人的办法去胡乱撒气，像个没办法只会动拳脚的毛头小子似的。这种事他干得出来，因为他爱黄婉丝，也因为他更爱自己，对这一点，婉丝看得很清楚。

虽然万般不情愿，她还是打电话给家里，告诉妈，她准备结婚了。

文华毫不意外，问是不是上次那个男人，得到肯定的答复之后，她就说：“我看他挺好。他家里是干什么的？”婉丝既然提起，就不再隐瞒，文华听完，说：“做生意的，他家里很有钱吗？”

“我不清楚。”接着她又说了杨浩妈妈生病的事，文华警觉起来：“他不是骗你的吧？会不会要你出钱给他妈妈看病？”婉丝把一声叹息生生地憋了回去，保持平静，说：“不会，他赚得比我多。”

文华说：“那你要多去看看人家，表现得乖一点。”文华在家虽然常年受气，也有一套属于她的道理，女人有女人应当做的事，长久的忍耐在她看来，是一种光荣，同时，她又有着见缝插针的灵活机变，在女儿的婚事上，决不能让亲家轻易占了便宜。

“彩礼还是得要。”她说，“你嫁人了，你妹妹上学谁管？”

“我管。”婉丝说，“别提什么彩礼的事了。”她想着，我早离家了，轮不到你们拿着我，去找我的男朋友喊价。在心理上，她对杨浩的亲近感，早已经超过了对父母的。

文华说：“那怎么行？说出去被人笑话死了。”

婉丝不想在电话里跟她争论这个，敷衍几句，说还有事，就挂掉了。她在办公室外面的楼道里打电话，晚上杨浩的妈妈就要到北京，说好了两个人一同去接。她看看时间，走到卫生间去补妆，收拾头发，希望自己看起来能够再年轻一些。女人过了三十，衰老加快，多少都有点憔悴。她往脸上扑了点粉，重新涂了唇膏，照照镜子，觉得自己穿着灰色连衣裙太老气古板了，像个教政治课的中学老师，然而就是这件衣服，也是早上挑了半天才选中的，杨浩笑她，见婆婆这么紧张。

“我妈很好相处的，”他说，“你不用这么紧张。”看着她面对衣柜举棋不定的样子，杨浩有点开心，在他看来，婉丝穿什么都一样。最后婉丝不再问他的意见，找出一件最安全的过膝连衣裙，她觉得还是显得稳重些好。到了下午，又嫌不够年轻活泼，然而也只能如此了。

杨浩在楼下停车等她，她上了车，杨浩说："你今天化的妆很明显。"

婉丝对着化妆镜看看，说："真的吗？"她翻出化妆包里的小镜子，又对着照，拿出纸巾来抿掉一点口红。杨浩心里偷偷地笑，平时约会，婉丝经常素着脸就出现，因为上班要化妆，下班就让皮肤休息一下，今天这样隆重，也是为了他。

到了机场，等人出来的工夫，婉丝还问："你看我睫毛是不是花了？"杨浩用男人的眼光去观察，实在看不出花没花，只觉得她眼睛看起来比平常更大，就说："挺好的。"说着，一波旅客走出来，杨浩冲着一个推着轮椅的中年男人招手，轮椅上坐着一个瘦小的女人，这天气还戴着帽子和围巾。杨浩走上去，接过轮椅，又问坐着的人要不要摘掉帽子，外面很热，她摇摇头，说："飞机上太冷，一直戴着，先不摘了。"接着，她向婉丝露出微笑，点头招呼。

婉丝连忙向她问好，叫她"阿姨"，同时注意到，她脖子上戴着大红羊毛围巾，正是年前自己交给杨浩带去的那条，大概是因为飞机上空调太冷。看到这条围巾，婉丝心里的紧张减轻了些。

他们订了酒店，不肯跟杨浩去挤，过几天就要去住医院。杨浩开车送他们过去，他父亲坐在副驾驶，婉丝陪着杨妈妈坐在后排，这辆车的后排很狭小，勉强放得下膝盖。

杨妈妈一直望着窗外，说："北京真是不一样了。"又说："我还是二十年前来过，逛了故宫、北海、天坛，只剩下颐和园没去过。当时出差，时间不够用。”

“好，我到时候请假陪你们去。”

“你们公司请假这么容易？”

“我不算忙，”杨浩说，“婉丝比我忙多了。”

杨妈妈转过头来看着她，说：“杨浩就像长不大似的，光想着玩，你以后好好管他。”婉丝说：“他挺好的。”别的话她一时也想不出了。杨爸爸说：“你们看好房子没有？”

婉丝听着他们父子聊天，杨妈妈偶尔插上一句，大部分时候还是望着外面的马路。她之前还在想杨浩的父母会是什么样的人，会不会讲普通话、好不好沟通，等见到面，顾虑就消失了，老夫妻俩都很随和，像是经历过很多事情之后的那种安静。她没想到其实杨浩的父母也在紧张，因为杨浩把婉丝形容得那么好，那么聪明、成熟，长得也很漂亮，简直像是自己儿子配不上的那种好姑娘。这么些赞美当然是因为他带着爱的滤镜，不过杨妈妈一见婉丝，就觉得她真的挺不错。

帮他们住进酒店，安顿好了，又约好明天来接他们去医院的时间，两个人才离开。婉丝说：“刚才你跟阿姨在阳台上说什么？那么久，我和叔叔都找不到话讲，好尴尬。”

“听我妈夸你啊。她要夸得久，我有什么办法？”

“我和阿姨都没有说几句话，夸我什么？”

“说你看着很成熟、很温柔，长得也漂亮。”杨浩说，“还有什么是你想听的？我一并说出来。”婉丝假装生气，轻轻地拍了他胳膊一下。其实，刚才他们母子在阳台上，主要说的是眼前的病情，杨妈妈自己什么都知道，也做好了最坏的准备。杨浩一向跟母亲感情亲近，他不愿意当着她掉眼泪，反倒是妈妈来安慰他：“你不要难过，人都有这一天。”接着，她就说起对婉丝的印象：“长得挺好，人也温柔，比你大几岁，显得比你成熟多了。”妈妈看自己孩子，无论长到多大，总是带着点俯视的角度，觉得他还没长大。

婉丝说：“我就说这件衣服穿得太老气，我哪里就那么成熟了？”

“这是夸你。”杨浩说，“成熟是优点嘛。”婉丝也笑了，杨浩的父母给她的印象很好。紧接着几天，杨浩请了假，陪着他们在医院里忙乱，住进一家三甲医院。婉丝下了班过去看望，见病房条件不错，杨妈妈坐在床上，那条红围巾还挂在角落的挂钩上。杨妈妈让婉丝在床边的椅子上坐下，让她下次来不要再买水果和花篮了。

“自己人不必这么客气。”她说，又问婉丝家里还有什么人，父母身体好不好，婉丝一一回答。末了她说：“这个戒指真好看，是你自己挑的，还是他买的？”

婉丝说是杨浩买的，同时心里忐忑起来。此时杨浩在门口跟医生说话，她有点不确定对方是否知道杨浩求婚的事，然后就听见杨妈妈说：“那我也要送你一样，你不要嫌弃。”说着，她从枕头边上拿起一个长长的盒子，递给婉丝，说：“咱们中国人还是讲究黄金。我不知道现在的年轻人，是不是喜欢戴金的。”打开一看，是一条金项圈，婉丝的第一反应是太贵重了，不好随便收。此时医生走了，杨浩推门进来，见婉丝犹豫着，就说：“你就拿着，昨天我妈特意让我去买的，她这是借花献佛。”杨妈妈嗔道：“有你这样说自己妈妈的？”

大家一笑而过，那条项链连着盒子放进了婉丝的手提包里。晚上，探视时间结束了，护士进来赶人走，她拎着这只包，和杨浩一起乘电梯下楼，说：“你说，我要不要回个礼？”

“我妈给你首饰，要你回什么礼？”杨浩说，“婉丝你不要装糊涂。”

婉丝不说话了，看着每一层的红灯亮起，不断进来新的人，把她和杨浩挤得分开了。她当然知道这不用回礼。她问的这句话，类似于一种装模作样的撒娇，那种被认可、被疼爱之后的佯装不知，矫情中带着一点点可爱，又有一丝可怜。这一连串的复杂心思连自己也不能完全探知，只觉得夜风卷起一阵闷热，天气预报说，今晚有雨。

果然是一场大雨。车子堵在半路，杨浩的手指轻轻敲着方向盘，婉丝将手提包放在膝盖上，把项链又拿出来细细地看。雨被隔绝在外头，车窗上流水如帘幕。隔着雨雾，一切街道的灯光都是稀薄流动的金色，像打散了的生鸡蛋，婉丝手上也捧着一线金，微光闪动，被她绕在自己脖子上。有人说，女人戴首饰，本来是原始时代桎梏的象征、刑具的延伸，像手铐脚镣似的，送她首饰，就是要捆绑她、收束她的意思。婉丝觉得，如果是这样的好家庭，用这么多的善意对待她，被捆绑着也未必是件坏事。

13

凌青忙了好一阵子，终于有空接见婉丝。之前婉丝一直约她，她推托说太忙，快两个月没能见面。这个周末，她们约在一家新近出名的咖啡厅，因为甜点做得好，还有几只身材肥胖的短毛猫，婉丝抱过一只在怀里，凌青小心地不去接触它们，说：“哈雷不喜欢我身上有别的猫的味道，也不知道这些猫有没有打过疫苗。”她对哈雷的爱，完全延伸不到其他猫身上，简直是最自私溺爱的父母典型。

她透露出近来的不顺利，所有倒霉事情都凑到一起。海南那个项目进行得越顺利，她在公司内部就越不痛快，投入不小，回报来得慢，她规划的架构虽然理想，大股东起先也站在她这一头，但是今年以来，公司营收不理想，现金流一紧张，内部的矛盾就更显尖锐。凌青说，她的大部分精力都花在内耗上，简直烦得要死。凌青的这些烦恼，婉丝开解不了，她只是听着，时不时地挖一勺蛋糕，等凌青抱怨得差不多了，才说："我们看好一处房子，已经交定金了。"

"在哪儿？"

婉丝告诉她位置，凌青说离我这么近，以后要去你家蹭饭，又问杨浩妈妈的身体怎么样。

"她精神很不错，"婉丝说，"上周我们带两个老人去了颐和园，她绕着湖走了大半圈。"

"婆媳关系不错嘛。什么时候结婚？"

婉丝告诉她，自己的户口还在老家，得回去登记，可能下个月就去。凌青说："没想到你嫁得这么快，我什么也不说了，就当为你默哀。"她开起玩笑来总是嘴巴没边，婉丝跟她说好，要她当伴娘，凌青立刻声明，伴娘的衣服由她自己来挑，不要婉丝插手，绝对大方得体，不会抢了新娘的风头。这种事两个女人说起来又是没完，什么样的场地、风格、婚纱，转眼到了晚上，凌青另外有约，不能陪她吃晚饭了，匆匆要走。这一顿婉丝坚持要请。

准备婚礼是个忙碌而漫长的过程，原本她想着旅行结婚就算了，也不想请父母到北京来，杨浩坚持认为这样不行。他父母都有传统的观念，认为结婚要有结婚的样子。婉丝也理解：人家只有这一个孩子，自然会重视他。

买的那处房子，房主一时不能交房，因为一再砍价，作为交换，要让人家多住几个月，到年底才能拿到钥匙。这段时间，杨浩常常跑医院，婉丝经常加班，两个人经常一整天都说不上几句话。婉丝一个人去婚庆公司，看婚纱，约着拍摄婚纱照，总之一样也不能免俗。有一天，她还独个儿跑去逛婚庆展会，收了一大沓名片和五颜六色的宣传单页，选择越多，越挑花了眼。

最终定下一家，连婚纱照都包含在内，价格合理，婉丝觉得万事俱备，只差两本结婚证。她跟杨浩商量着，请几天假回家，把这件事办了。她心底也觉得夜长梦多，不知道家里会怎么说，因此临到上火车前的几个小时，才打电话通知文华，杨浩还奇怪她为什么不早点跟家里说。婉丝不大提起她自己的家庭，其实杨浩上次到她家里，对她父母的印象还是不错的。

他们还是乘上次那班车，晚上到达，在火车站打了一辆黑车回家，听见司机的乡音，婉丝的口音也跟着变了。到了家，婉细在院子门口等候着，她高考结束了，等着出分数，是一段包含着紧张的放松日子。屋檐下有灯亮着，文华将杨浩接了进去，婉细说："姐，你来看看咱们家盖的房。"

原来家里有个后院，与二叔家毗邻，现在全挖开了，填地基、搭框架，房后的屋檐下也有灯，在光影下，没完工的二层楼黑黝黝的，空的窗洞像空的眼眶。杨浩已经被文华接进屋里，德炳跟他坐着说话，语音从敞开的窗户里传出来。只听杨浩说："我们在火车上吃过东西了。”德炳的声音很低，听不清在说什么，杨浩又答了几句，原来在谈论他妈妈的病情。

婉细问婉丝：“他就是我姐夫呀？”婉丝点点头，她绕着新屋转了一圈，工程到这个程度，后面还需要多少钱，自己手里可支配的还有多少——够是够，不过结婚的费用就拿不出来，全都要杨浩来买单。他肯定不会说什么，但是嘴上不说，不代表心里不会多想——不知怎的，婉丝特别怕他这种态度，这种无言的懂得，哪怕他跳出来明着质问：你为什么偷看我手机？或者在钱的事情上，拿出一点点计较的态度，她心里都会更好受些。那样就更真实，更符合她对人性的认知，而现在的杨浩实在太宽容了，但是人非圣贤，他总得有些缺点才显得真切可感。婉丝想，婚后他一定不会对我像现在这么好了。

她绕到后面，推车、铁锹、水桶、横七竖八放着的脚手架，还有一只不知道是谁的大白手套丢在地上，二叔家的房子紧贴着自家院墙，窗帘都拉严了，透出灯光。婉丝问：“二叔出院没有？”

“你不知道呀，”婉细跟着她后面，随意地踢开一个废弃的塑料水瓶，水瓶砰地撞在墙角，“二叔死在医院了。”

“不就是扭个腰？”婉丝惊道，“妈没跟我说。”

“是扭了腰，但是听说早就有病，一直咳嗽，没当回事。在医院查出是肺癌，很快就不行了。”

婉丝回头看着二叔家的新屋，高大宽敞，二层楼顶，还有围着栏杆的平台，栏杆是仿汉白玉的样式，还有几分华丽。屋子盖好，人却没了，虽然与二叔家一直有矛盾，婉丝还是觉得心里压抑，问婉细：“他们家办丧事，爸妈去了吗？”

“爸去了，妈没去。”婉细说，“妈还说这是报应，说人不长好心眼，就要长癌。”婉丝没说什么。姐妹俩回到屋里，婉丝才看见德炳，叫声“爸”。德炳指着桌上，说：“你吃苹果吗？”桌上的塑料果盘里，摆着几个有点发蔫的红苹果。

文华已经给杨浩削了一个，又拿起一个，给婉丝削。婉细坐在一边看电视，也没什么好看，打打杀杀的电视剧，片刻又唱起煽情的片尾曲。德炳靠在沙发上，那沙发也旧了，中央软塌塌地落下去，人造革的皮面轻微开裂，德炳整个人陷在里头，像被沙发吸住了似的。比起上次见面，他瘦了好些。婉丝问起二叔去世的情形，他摆摆手，说：“早走不受罪。”

文华在旁说：“听说到最后插满了管子，开膛破肚，遭不少罪。”她削的苹果皮连绵不断，转着圈落到地上，递过来给婉丝，婉丝随手就给了婉细，婉细接过来啃着，仍旧看电视。

婉丝这才说，回来是要拿户口本去领结婚证的。她本来想着晚间跟妈悄悄说，不给德炳找事的机会，可是文华也不见得容易击破，她做好了吵一架或者大哭一场的准备，要么就拉下脸来。说到底不过是个钱字，她心想，这些年的钱都给你们了，婉细也不用你们管，够了吧。

德炳倒是没有再提别的，大概是察觉到女儿的不快，不想当面被她戗倒。文华叫婉丝到厨房帮忙，她手指疼，让婉丝帮着刷晚饭用的碗。她在一边擦擦抹抹，一边说：“女人不能轻贱了，你不要钱，人家觉得你是倒贴上去的。”

“他们家出钱买房子。北京的房子，你知道多贵？”婉丝说。

“那是应该的呀。”文华靠近女儿身边，“不买房子，嫁过去睡马路吗？这跟彩礼是两回事，彩礼是给家里，给我们的。”

婉丝不想再听下去了，就粗暴地回答：“别再说了。我们两个结婚，我也不要你们拿出嫁妆，你们也不要多管了。”

文华被她一顶，也不说话了，在厨房叮叮当当地收拾完毕，一推门就走了出去。当晚，杨浩睡在沙发上，婉丝去原来的房间跟妹妹挤。婉细的床不算宽敞，姐妹两个紧挨着。小时候总是婉丝带着妹妹睡觉，大学毕业以后，婉丝很少回家，上次和婉细挤在同一张床上，还是带她去做手术的那次。

这个房间依然没有任何属于少女的个性气息，除了一张床归婉细睡，一张木桌还是婉丝从前用过的，一个夹在桌边的台灯，衣柜门上贴着一幅鲜艳的牡丹花图，是某年的一页挂历，剩下的半间屋堆着杂物，纸箱，过时不用的农具、农药，还有两袋大米，几乎是个储藏间了。婉细说：“妈说等新房盖好，给我一间，给你也留一间。”

婉丝没说话，听见妹妹又说：“爸最近手气特别顺，连脾气都变好了。”婉丝本来正想着自己的事，这时惊了一跳，“他又去赌了？”

“他给人家看地盘，自己能忍住不下场？”婉细说，“爸就是这样嘛。”她的语气里充满了轻飘飘的理所当然、见怪不怪。婉丝睁着眼睛消化了一会儿，才说：“妈说他不赌了。”

“戒赌哪有那么容易。”婉细不以为意，“他手气好，一直在赢，用你给的钱做本。昨天还说，本钱少了，不然赢得更多。”她指指窗外，“盖房的钱都是赢来的。”

闷热的天，婉丝气得出了一身汗，过了半天，才低声说：“你怎么不告诉我？”没有回答，原来婉细早翻过身去，睡着了，肩膀微微起伏着，呼吸匀停。她感到前所未有的孤独，好像回到了家，却发现家里人都成了外人，他们才是同伙。尤其婉细，她似乎对婉丝的付出完全麻木了，爸爸又去赌钱这么大的事，几次打电话都不跟姐姐提起。也许是爸妈不让她说。

婉丝真想用力将她晃醒，质问一番，最后还是忍住了。她知道这是迁怒，迁怒于弱者，德炳就是这样，赌钱每每输光，或者喝了酒，回来就找老婆孩子的晦气。婉丝掌握了规律，婉细刚会走时，她就懂得拉着妹妹往外边跑，去找奶奶，奶奶会护着她们。文华没处逃，他们打起来，文华又哭又叫。婉丝不是那种侠客式的女儿，想着将来我要救出妈妈，只是天生地有种冷漠的逆骨，而文华要刻薄起来，并不比德炳的巴掌来得好受些。她心疼妹妹，可现在连妹妹也要合伙瞒着她。

她睡不着，最后干脆爬起来，到堂屋里。杨浩横在沙发上，他嫌热，给他拿出来的毛巾被也不盖，还穿着白天的 T 恤和牛仔裤。婉丝走过来，没想到他也醒着。婉丝坐在他脚边，杨浩便坐起来，伸出双手抱着她，低声说：“婉丝，晚上你爸跟我说，要十万八，不算多。我想，咱们别在这上头计较，给就给吧。”

十万八，婉丝想，要是奶奶还活着，这笔钱就能改变很多事。她没言语，把手放在杨浩的头上，厚而硬的头发，富有弹性。

这沙发旧得要塌掉了，他睡在这里一定很不舒服。她向后靠去，杨浩完全不了解，不了解婉丝的父亲是什么样的人，所以他轻易地就答应了。婉丝想，不能，我不能让他知道我有个赌棍的爹，就算恋爱不成，也不能让他瞧不起我。她没说什么，杨浩想，她一定为了这件事跟父母闹得不愉快，是出于心疼自己的缘故，反而更加大度起来："买房子几百万都花了，不差这一点。"

"还要背贷款。"她低声说。她越算计，杨浩越觉得，婉丝是站在自己这一边，替两个人未来着想的。杨浩并不知道，为了德炳又去赌的事，婉丝恨透了，恨透了这种控制不了自己，像动物一样活着的人，而他正拿出父亲的姿态向人家要钱，把能卖的都要卖出个价钱，一边卖她，一边摆出一副为她婚后地位着想的嘴脸。

"这件事我去跟他们说，你别管了。"最后她说，"他再跟你说，你就说要跟我商量。"

文华说："女人不要钱就嫁，轻贱。"婉丝张口想要反驳，却发现她那套逻辑圆润完整得很，根本无从下嘴。她只能皱着眉头顶撞，说他没钱，说自己就是要嫁。到家的第二天，文华一有机会就逮住她，翻来覆去地说个没完。婉丝觉得，她跟爸一定是商量好了，两方面夹攻，就一口咬定没有钱，又反问文华："他说过不再赌了，你为什么不管？"

"我哪里管得了？再说，他这几个月一直赢着呢。"

婉丝转身就走，本来帮她洗的菜也不洗了，摔在水盆里。上午德炳照常出去遛狗，一走就是半天，杨浩陪着婉细看她喜欢的选秀节目，婉丝走过来，对他说："你陪我出去走走？"

他依言站起来，婉丝对婉细说："别整天看电视，去厨房帮帮忙。"两个人穿过院子，狗窝里空空的。杨浩说："去哪儿？"

"我妈的意思，要先给钱，再拿户口本去领证。"她停在狗窝前面，用脚尖踢着那根拴狗的木桩。

“没带那么多，”杨浩说，“不至于这样信不过我吧？要不我打个借条？”他的语气里有一种淡淡的戏谑，刺中了婉丝。

“借条上写什么呢？”她语气平静。

“你想写什么？”杨浩完全是在逗她，好像婉丝说的不过是个玩笑。他不了解，她看着他的笑容，想着，他一点都不了解，我真不该带他来。

“那就让他们写，写什么我就签什么。”婉丝说，“说真的，你还想跟我结婚吗？”

杨浩想了想，说：“我也没有别的选择啊。”说完又笑了，“你们家人是挺有意思的，可能风俗如此，对吧？农村人结婚是要谈钱，我知道。”

婉丝觉得这简直丢人现眼，天气本来炎热，此刻她背上净是湿汗。电视机里的笑声骤然响起，好像杨浩是台下的观众，坐在下面，看着她们一家在台上表演喜剧，悄声细语地嘀咕着，唧唧哝哝、出乖露丑，而他则只管看戏，是那万千哄笑中的一员。

“你不觉得，这事太好笑吗？”她轻声说，问他，也像是问自己，“我对他们有求必应，为什么个个都不听我的话？”

“婉丝，我也没有要求你全都听我的话。”他说，“他们要是坚持，也没什么，毕竟结婚是一生一次的事。”

话到嘴边，她还是咽回去，她知道久赌必输，她不想拿着人家正经赚来的钱，去填赌债的无底洞，这个坑她一个人偷偷地填就够了。当然，这种正义还有表面下的另一层意思：她觉得自己正在一点点地丧失尊严，而不是像文华说的，女人的身价越贵越好。

归根到底，她对个人尊严的理解，与她的父母辈已经完全不同。在感情上，更是彻底倒向了杨浩那一边。文华背着人，偷偷地数落她，那些话颠来倒去，像车轮子一遍遍地碾过来，不把她碾平了，轧进泥土里就不能罢休。借条是杨浩当成一个玩笑提出来的，婉丝拿这个话去堵文华的嘴，没想到她竟然说："那也行。"又补一句："要有个期限的，知道吧?"

婉丝觉得这简直是个笑话，仿佛自己与这个家之间的关系永远停留在供养、被供养、欠债、还钱上，简直比做生意的伙伴还要赤裸裸。文华跟她说这些话的时候，眼睛总不看向她，文华总是在厨房里待着，手底下有事做，把婉丝单独叫进去聆训。

婉丝给她买的橡胶手套，还是一次也没戴过。她的手指细长，婉丝的手长得像她，本来是很好看的，而中间有缺损的那根手指像降下的半旗似的，显得一股萧瑟。文华对婉丝说："女人不要钱就嫁，轻贱。"气得她转身就走，在职场上，她认为自己的情商算是够用的，面对的人都比父母更聪明、更狡猾、更难搞，可是他们都比不了文华作为母亲的那种犀利，轻易地命中七寸。

半真半假地，杨浩果然写了个借条。他靠在放电视的五斗橱上面写，用一支婉细从她的笔袋里找出来的圆珠笔，上面还印着彩色的卡通公主图案。此时，一家人都待在屋里头，德炳抽着杨浩带来的烟；文华正弯着腰擦抹茶几，一遍又一遍，看起来毫无必要；电视还开着，婉细还在看，或者假装在看。被拴住的老灰狗突然狂吠一两声，向院外经过的人示威，它总是这样，还咬过来串门的邻居，因此特别讨人嫌。这么多年，没被人下药毒死，可以算是意外了。

最后，德炳把借条对折，又对折，笑着塞进上衣胸前的口袋里，跟烟盒挤在一起。他那种笑法，好像这真的好笑，很荒唐又很有趣味，所以自己也愿意参与其间，大家都来乐一乐，不必当真，但是也不能说了不算。

午饭吃得一团和气。文华差婉细去买了排骨——如今村里买东西方便多了，婉丝要跟她一起去。杨浩拿出他成熟体贴的那一面去应付婉丝的父母，仿佛这张借条是理所应当，再自然不过的。写完了他就跟着文华去厨房，问阿姨是不是需要帮忙，而婉丝只想走开一会儿，马上，立刻，就一会儿也好。

出门之前，婉细回到她的小屋，从书桌的抽屉里取出一管防晒霜，对着桌上的一面小圆镜涂抹均匀了。婉丝倚在门口等她，婉细从镜子里看着姐姐，说："你要不要涂？"婉丝摇摇头，婉细还往嘴唇上涂了淡彩的唇膏，双唇亮亮的，把拖鞋换成一双帆布鞋，才跟着婉丝出门。路上，婉丝跟她有一句没一句地聊着，小心避免着提起上次的事件。她不确定那件事对婉细造成了多大的影响，也许少年人的心思纷繁多变，婉细已经忘了。

"你打算报考哪个学校？"她问。

"没想好。想这个干吗，等分数出来再说。"她们沿着一条崭新的水泥路向前走，跟遇见的熟人打招呼。婉细走在前面。

"你总得有个方向，比如想学什么专业。"婉丝说，一只狗从她和婉细中间经过，使得她又落后了几米。她快走几步，赶上妹妹，婉细的唇膏在阳光下闪闪发亮。

“好看吗?”她指着嘴巴说,“我男朋友送的。”

“还是那个?”婉丝镇静地问。

“嗯。”她说。

“因为你去流产了,所以他送你个口红?”婉丝尽量使自己显得不那么尖刻,可是这样的话,用再甜腻的语气说出来,也是很扎人的。

“当然不是!”婉细停下来,把脸转过来,自昨晚以来第一次直视姐姐。她变了,变得那么多、那么快,好像时间带走了那个听话的小妹妹,再把她还回来的时候,她整个人都变了。这些年婉丝始终保留着过去的印象,其实婉细不只是长高,比姐姐还高,她眼睛里还闪烁着一种陌生的东西——我不再什么都听你的。婉丝觉得脸上热辣辣的,今天的阳光猛烈,确实应该涂点防晒再出门。

“那是怎么回事?你能不能跟我说说?我猜,猜不对,你又发脾气。”婉丝说着,继续迈开脚步。不能站在当街吵架,在村里,这种事传得快极了。

“就是那么回事。”婉细说,“你不是也有男朋友吗?他没给你买过东西吗?”

“我说的不是这个。”婉丝觉得自己的表达能力并不差劲,今天却处处张口结舌,好像大脑被捆着,上了几道锁似的,“我的意思是,你为什么不跟他分手?”话一出口就后悔了,这样问也不对。只要对方不想说,怎么问都不对。

“我喜欢他呀。”婉细用一种率真的语气说,“姐,你到底想说什么?不要拐弯抹角。”

“你打算跟他继续在一起?还报同一所大学?”

“看情况吧，一个城市也可以。”

“他呢？他跟你想的一样吗？”

“这当然是我跟他商量过的。”

“你听着，我不管你跟谁谈恋爱，”婉丝说，终于整理出一点头绪，“你爱怎么折腾随你，反正受伤害的不是我，但是考大学是非常重要的事，你不能受到不相干的人的影响。万一他考得很差怎么办？他要去的地方没有好大学，怎么办？”

“你说话跟我们班主任一模一样，”婉细笑了，学着班上老师的腔调，“‘让你们学习，这不是为了我呀，是为你们自己’，吧啦吧啦吧啦啰唆一堆。”她这种无所谓的态度几乎激怒了婉丝，婉丝忍不住说：“以后你的学费还是我来出，你不能拿我的话当耳旁风！”

“我就知道，”婉细轻声说，“你出钱，你就是老大，所以我什么都得听你的。”

“我是你姐姐！”婉丝压低了声音，有个熟识的邻居从对面走来，姐妹俩都没出声打招呼，对方用奇怪的眼光看着她们俩。

她觉得很委屈，无处投告的深深的委屈。卖肉的小店就在前方不远的地方，婉细加快脚步，过了街，身影没进商店的黑影里。这样站在路边显得很傻气，婉丝跟着走进去，店里一阵暗暗的阴凉。二婶也站在冷柜前头挑排骨，姐妹俩都不跟她打招呼。从小，文华就跟两个孩子说：“遇见你们二叔家的人，不许搭理。”

婉丝的奶奶跟二婶关系向来不好，七十岁以后，关节炎越来越严重，渐渐不能行走，需要人照顾，二叔家既不出钱，也不出力。文华要求一家一个月照顾，曾经把老人放在轮椅上，推到二叔家门口，一整天他们也不肯开门，老太太就坐在那里哭，中午没有吃饭。傍晚，婉丝放学回来，看见这一幕，就把奶奶推了回来。那段时间，家里的气氛非常紧张，德炳和文华愤愤不平，经常骂老二夫妻，奶奶听着，一句话也不说。当时婉细还不懂事，婉丝念高中住校，学校管得很严，只有隔周的周末才能回家，她隐约觉得事情开始不对劲，又说不出是哪里不对，只知道父母对奶奶已经很不耐烦。有一次，家里只有婉丝陪她，奶奶悄悄地说，昨天，她杯子里没水了，想倒一杯新的，夫妻俩就坐在屋里看电视，就像没听见一样，没人理会她。婉丝当时就想着，等念完大学，有了工作，就把奶奶接走。

高考之前不到一个月，奶奶去世，她接到消息，往家里赶。丧事匆匆而过，没有停灵，没有通知乡里，非常潦草而不合习俗。二叔跟二婶只在火葬场里露了一面，两家人碰面，也无话可说。奶奶的骨灰与婉丝爷爷的合葬，是一只简单的黑木盒，婉丝捧着，奶奶生前最疼的孙辈是她。石板搬开，露出另一只骨灰盒，十二年了，造型如宫室，飞檐斗拱，四周连着游廊，几个古装人物凭栏望远，顶上垂着几条游龙，是当年的样式。一见这只骨灰盒，婉丝才惊觉自己原来记得。这只骨灰盒她小时候曾见过，那年她就像婉细这么大，懵懂无知，不知道生死是怎么回事。现在她知道了，而知道并不意味着懂得，这件事始终梗在心里。

婉丝选了排骨，付了账，提着一个浸着血水的塑料袋走出来。婉细要把妈给她的买肉钱给姐姐，被拒绝了，就顺手塞进紧身牛仔裤的后口袋里，婉丝猜这钱不会还回去了。阳光炽热，婉丝将左手举在额前，遮挡阳光，右手上觉得一轻，原来是婉细把她拎的袋子接过去了。

她比婉丝高出半个头了，手长脚长，拎个东西也显得轻飘飘的，胳膊一前一后地荡着。

排骨炖得软烂，骨头都收在一个脸盆里，端出去喂狗。杨浩陪黄德炳喝了两杯，又跟他一起去后面看工程的进度，抽烟抽得烟雾缭绕。婉丝没想到杨浩还有这套本事，他想让别人喜欢自己的时候，就能准确地投其所好，表现得游刃有余。

午后漫长，婉丝想睡个午觉，睡着了就什么话都不必说，谁都不用理，明天他们会去当地的民政局办结婚手续，单身的最后一天。黄德炳提议说，要带杨浩出去转转，婉丝也没多想，以为他们过不了多久就会回来，外面阳光暴晒，并不是散步的好天气。她睡了个长长的午觉醒来，天将傍晚，婉细照旧在看电视，简直是长在电视前面。婉丝起来，走到门口，看见那只老狗趴着，半个身子都在狗窝外头，吐着一小截舌头，嘴时不时地翻动，有块骨头咬在两排牙齿中间。

杨浩在另一边的墙根下站着抽烟，一棵老槐树伸过墙来，给了一片树荫。他低着头，仿佛在沉思，烟头一明一灭。平常他不用社交的时候，是不太抽烟的，并不上瘾。婉丝想，也许他也有点紧张，明天就要去领证了呢。

她刚要张口叫他，他就掐灭了烟头，习惯性地想找个丢垃圾的地方。婉丝说："把烟头给我吧。"他才注意到她，说："你醒了。"婉丝把烟头丢进厨房的一只果皮篓，杨浩跟着她，迟疑着好像有话想说。

厨房里很清凉，有一股热油冷透之后的不新鲜的味道，有一点腥，又很家常，吃剩的排骨还摆在案上，洗过的碗没擦干就摞起来了，一个个紧贴着，蓄着潮气。婉丝回过身，在他脸上轻轻亲了一下，说：

“哎呀，你一天不刮胡子，就有胡茬了。明天好好刮刮，不然拍照不好看。”

“有件事得告诉你。”杨浩说。婉丝让他说，不去打断他，她才知道自己这一觉睡过来，发生了什么事。电视机的声音断断续续地传过来，这套节目真是无聊透顶，婉细到底为什么着迷？

他说，他跟着黄德炳出去，原以为只是散散步，那条狗也跟着。走着走着，就到了一户人家，德炳向主人介绍了他，邀请他跟着一起玩玩。他不愿意驳人家的面子，毕竟是未来的岳父，他以为是因为借条的事，德炳觉得不好意思，所以对他特别热情。他被请了进去，里面人不多，他玩了两局，赢了钱。

“赢了钱，为什么不走？”婉丝问他，隐隐觉得不对劲，“你为什么要跟着进去？”

杨浩没有回答她，他只是描述发生的事实，他不想解释这种问题。开头，他赢了，几个人都围着他起哄。一半是因为不好意思，一半是因为赌局带来的兴奋——“真是普世的弱点”，婉丝想，总之他没有离开，而是继续玩了下去。然后，风向渐渐变了，但是气氛仍然热烈友好，他们互相递烟，女主人沏了新茶。

他越输越多，当然也没多到付不起的地步，只是扑克牌而已，这些人看起来也不像高收入的样子，他想输也输不到哪里去。他们有个记账的本子，很厚的一本，每一局结束，就有个人在上面写些什么。后来，德炳说他有事，要先走了，杨浩已经忘了时间，忘了地点，甚至也忘了婉丝。最后，那家的女主人说，要准备做晚饭了，大家才算总账。他输了四万。

婉丝说："你下场之前，不知道玩得有多大吗？"

杨浩解释，他们说的全是套话、俗语，他误解了。他以为就几百，大不了几千块钱的事，没想到这小地方的人居然玩得这么大。他不愿意为这点钱去惹事，就让人家开车带他去县里取了钱，一分不少地给了。婉丝没告诉杨浩，那个棋牌屋的收入，德炳也有分成。不知道他拿多少？如此生财有道，以后不要再找我拿钱。

有个念头在朦胧地渐渐成形。表面上看，她还是很镇定。四万块不多不少，杨浩随手也拿得出来，打牌输的，还能多说什么？他只是觉得羞恼，好像自己是个赌鬼似的，懊恼又自责。婉丝后悔自己没把德炳的那些事迹告诉他，那些年因为赌博，日子差点过不下去。杨浩就不该跟着他出门。

她没再说什么，找出一只大碗，淘起米来。文华下午出去串门聊天，也该回来了，她想提前把米饭做上，再看看有什么菜。杨浩想给她帮帮忙，被她赶走了，"你也看电视去吧，看看什么节目那么热闹"。

厨房没有电，她抱着电饭锅走进堂屋，把它摆在电视机旁，把插销用力地捅进一个旧的接线板里，接触点冒出火花。她说："婉细，你去买个新的接线板，这太危险了。"

电视已经关上了，婉细歪在床上翻杂志，少女漫画或者别的什么，婉丝叫了两遍，她才懒洋洋地起来，答应着出了门。杨浩本来坐在沙发里刷手机，婉细一走，他就放下了，说："刚才你妹妹跟我说，你爸爸跟他们是一伙的。"

如果他怪自己，婉丝还愿意宽慰宽慰；他这样单刀直入地发难，语气中含着责怪，她就忍不住了，说："你自己要去赌，怪谁呢？"

“我愿赌服输，可要是被人做局骗了，就是另外一回事了。”

“你是不是被人骗了，自己难道不清楚？我又没在场上，我怎么知道！”

“你难道不知道你爸是干什么的？”

婉丝想，今天这个午觉睡得太冤枉了。杨浩又说：“问你家里的情况，你总是含糊着，不想提。我想，无非就是条件差点，我们多孝敬也就行了。没想到他是这种人。”

“别说了。”婉丝打断他，“晚上我跟他说，让他们把钱还给你。”

“这不是几万块钱的问题，”杨浩试图辩解，“这是……”他的话没说完，婉丝已经走出去了。文华正好回来，说：“晚上我烧条鱼。咦，婉细呢？让她买去。”看见电饭锅都摆好了，又说：“怎么不插电？干个活也丢三落四。”说着，拿起电源就插进去，火花又滋啦啦地溅出来。

最后，还是德炳回来时，带了一条大鱼。婉丝接过来，走到厨房，拿剪刀剖开鱼肚，手伸进去向外一提，就掏出大部分内脏。文华叫她别把苦胆弄破了，不然整条鱼都是苦的。

晚饭依然和和气气，婉细要减肥，不肯吃晚饭，就独自在屋里翻杂志。吃完饭，婉丝瞅住一个空儿，叫德炳出来，说有点事商量。德炳点了一根烟，烟灰就落在脚底下，婉丝说：“我听说你们又开始赌了。”

“怎么？”

“还给他。”

德炳看着她，说：“我们随便玩玩，你还当真了。”

“我没当真，他当真了。”婉丝说，“我听说你又去玩了，还赢钱了。”

德炳把抽完的烟头丢在地下，用脚踩灭，大步走进屋里，不多时又出来，手里捏着杨浩写给他的借条，递到婉丝鼻子底下，给她看着，几下将那张纸撕碎，说：“这你放心了？”他嗤笑一声，像带着恶意逗弄孩子，把孩子逗哭了，又反过来说你原来不懂事、不识闹。

婉丝突然有种冲动，往事沉渣泛起，她说：“我奶奶没病，她怎么死了？”

“没病？”德炳说，树影在他脸上悠悠转动，婉丝忽然提起这件不相干的事，他倒是一点意外的神色也没有，“老就是病。”婉丝不说话，听见自己的父亲又说：“我们也老了。”像在示弱。

婉丝无话可说，她弯腰把那些碎片一张张捡起来，塞进裤子的口袋里。德炳掏出一根烟，慢悠悠地向狗窝走去，解开拴狗的绳子，老灰狗跟在他身后，一人一狗走出院门。多少年了，他整天这样闲荡，不知道心里在想些什么。婉丝伸手摸出那几张碎纸，写的时候，是一个荒唐的玩笑；现在撕了，又像是一场羞辱。每次到了这种时刻，她就想起过世的奶奶。奶奶有严重的关节炎，行动不便，可是她没有别的病，为什么走得那么匆忙，没有一句话留下？

头一次她问这个问题，德炳说：“她光在那儿躺着，不吃东西呀。”这个描述相当地含糊，婉丝当时十七八岁，还天真地说：“不吃东西，可以打营养液，还能见个面、说句话。”德炳就光抽烟，不言语。

躺着不吃不喝，人多久会死，她不知道。那个周末，学校期中考，不放假。到下一个周末，奶奶就死了。参与后事的几个家人，谁也不感慨，谁也不评论，甚至也没有放声大哭。人人都很平静，高效率地处理完后事，婉丝的眼泪让她显得格格不入。后事一了，弟兄两家照旧不相往来。

晚上，她借口头痛，睡得很早。婉细看电视看到很晚，杨浩要睡沙发，婉细不关电视，他也是没办法睡的，只能坐着玩手机。婉丝偶尔听见他们在交谈，但是她太困了，翻个身就又睡着了。也许是天气闷热的缘故，一夜的梦境都是黏糊糊的，混沌、杂乱，色彩聚不成图像，声音也连不成意义，而她正在所有的地方浮沉，时而呼吸，时而窒息，醒来时天仍是漆黑的，周围一片寂静。她坐起来，小心地不碰到身边的婉细，然后翻身下床。

睡了一觉，她脑子里清醒了很多，把昨天的事想了想，被撕碎的借条还在裤子口袋里，居然连外衣都没脱就睡下了。不管怎么说，今天她就要结婚了，法律意义上的结婚，人生的新阶段、生活的新方向，不出意外的话，她会很幸福。平静、安宁、美好、快乐，她都能得到——杨浩是个理想的男人。

可是，她还有件事想要去做，此时此刻，夜阑人静，是最好的时机。

婉细的这个房间，一半归她用，一半堆杂物。杂物分很多种，旧的不再使用的农具、粮食、一些空的塑料瓶子、婉丝上学用过的旧书本、旧鞋子，她小心地寻找，一定在这里，一定有的，她见过。

最后，她找到了，是一个瓶盖上包着塑料布的短粗的瓶子，上面印着蓝色字体，不用细看也知道是什么。剧毒农药，无色无味。她拿着那只瓶子直起身来，悄无声息地走出去。沙发上横着一条黑影，是杨浩，他睡得很沉，身体微微地起伏。

她走到厨房，昨天中午剩的排骨还有几块，她找出一双厨用的橡胶手套——是她给文华买的，文华不愿意戴——套在自己手上，手套里面衬着一层薄软的绒，然后用戴着手套的手去拧那瓶农药的盖子，里面轻轻晃荡着半瓶液体——说不定是年头多了，已经失效了呢，但是她此刻已经没有退路。时间一分一秒地接近最终的结果，只能如此了，这是达成和解的唯一办法。

她把瓶中的液体倒进装排骨的盘子里，用手去调和均匀。熟肉的表面湿漉漉的，很新鲜的样子，手套也是湿的。然后，她端起盘子，走到狗窝旁边，把排骨倒在狗洞里，听见链子微响，灰狗醒了。她听见它用鼻子在嗅，嗅是没有声音的，可她就是听见了。她还听见它开始用舌尖去舔，继而张嘴去啃。白天它只啃过骨头，现在有肉了。

婉丝小心地摘下手套，捏住里面干燥的绒面，她想这东西不能乱丢，万一有人捡去就麻烦了。她走到正在盖房的工地上，找到一把尖锐的铲子，在院墙角落里挖了起来，不一会儿，就挖出一个小小的土堆，手套放进去，又把土埋好，填得平平的，表面一点也看不出来，像犯罪片里的杀人埋尸，忽然头上一亮。

二叔家新房的二楼，打开一盏灯，接着，窗帘也拉开了，一个人站在窗户后面望着这院里，看见婉丝，与她对视着。是二婶，因为两家有矛盾，已经多年不讲话了。她瘦了很多，不是印象中爽利健壮的模样，是因为二叔的死吗？

她看了一会儿，也许是出于好奇，人在空虚无聊的时候，就特别容易好奇，尤其是对别人家的事，尤其是在深夜。婉丝将土填平，站起来，把铲子放回原位——明天工人来干活，别让人家找不到工具。

楼上的灯又熄掉了，天色已经微微发亮。婉丝回到厨房，没有去看那条狗。被毒杀的动物是什么样子，死前会不会哀鸣，她不想猜，更不想去验证结果，反正手套都埋掉了。最后，她记得把那只装排骨的盘子拿出来，走出大门，假装没注意到狗窝边上露出来的一绺湿透的灰毛，一动不动地贴在地上。

她走出去很远，找到一个公共的堆垃圾的地方，无数小虫密密地围着飞舞。她把盘子在那儿摔碎了，希望不会有人碰到这些尖利的碎片，同时，又把口袋里的那堆碎纸拿出来，撕得更碎一些，也丢进垃圾堆。

这就算了结了，她想，德炳的影子从此消失了，而他本人还在，还是她的父亲，除了他，还有母亲、妹妹、过了世的奶奶，这些是她终生斩不断的亲缘，她总得接受这些人和事，找到一个彼此都能接受的方式去相处，像买卖双方，纠缠良久，终于谈拢一个合适的价格。有时候她觉得，只有她一个人在探索，在努力，在寻求和解，而对面的人压根没拿这当回事情，问题只出在婉丝这边。

到家的时候，天几乎全亮了。大家仍在睡着，她回到床上，婉细保持着脸朝里的睡姿。婉丝看见她头上还挂着耳机，怀里塞着个红色的 MP3，轻轻地帮她把耳机摘了，连着播放器也一起拿过来。她重新躺在婉细的身边，戴上耳机，按下播放键，是她没听过的英文歌。柔柔的女声，说不上好不好听，只觉得熟悉，好像是婉细自己在唱似的，唱的是什么，她听不清，因为睡意再度袭来。婉丝闭上眼睛，音乐声渐渐变得低沉而缥缈，与梦境浑然一体。

在回程的火车上，婉丝靠在椅背上睡着了。结婚证放在杨浩的双肩包里，今天他们一早就离家，赶到县城里，在民政局外头等着。人家开门上班，他们是进去的第一对，喜糖是从北京带来的，好几包，分送给办事的人。走出来时，天地宽广，阳光万丈。杨浩说，可惜了，没地方去喝一杯，庆祝庆祝。

以后有的是时间，婉丝说，他们去火车站，买了最近一班回北京的火车票。因为早上那件事，她不想再回去了，户口本寄回家就行。今天一早起来，发现狗死了，德炳倒没说什么，把那几块剩骨头翻看一会儿，叫来文华问她："这是怎么回事？"

文华吓了一跳，说："这骨头谁喂的？"灰狗已经浑身僵硬，嘴边一大摊颜色不明的呕吐物，半露着牙齿。婉丝和杨浩都走出来，两个人刚刚洗漱好了，换上拍结婚照用的白衬衫，正打算离开。杨浩蹲下来，看看那狗，说："被毒死的？"

德炳伸手将死狗拉出来，拎起一条前腿，它僵直的身体顿时悬在半空。他从上到下仔细看着，仿佛能从这凉透的尸体上看出什么生的迹象。婉细叼着牙刷从屋里走出来，慢慢走近现场。

文华又说了一遍："这骨头谁喂的？"婉丝站在旁边，一言不发，婉细朝她看了一眼。早上起床时，婉丝把MP3还给她，还说："这里面的歌真好听，谁的专辑？"

婉细问她什么时候拿走的，自己都不知道，婉丝含糊地说是夜里，她醒得早，睡不着了，就拿来听音乐。

文华走进厨房去，看昨天剩的排骨还在不在，找不到了，就走出来说："排骨不见了。"

"我夜里醒了，昨天没吃晚饭，太饿了，把剩的排骨都吃了。"婉细说，说完就继续用力地刷牙，还往地上吐了一口泡沫，“那时候狗还好好的。”

婉丝始终一言不发。文华和德炳说起这村里谁会跑来毒狗，天杀的，缺德。说着说着，文华想起来，说她一会儿上卖肉的那里问问，昨天还有谁去买排骨了。婉丝忍不住看向婉细，昨天她们在肉店里遇见二婶，文华一定会以为是二婶干的。村人之间，寻衅出气，药死一条狗，不算新奇。

德炳始终没说什么，最后，他拎着死狗走出去，空身一人回来，想必是扔在了某个垃圾堆，这点时间，埋掉还来不及。文华气哼哼地出门，说要去问卖肉的，除了婉细，还有谁买了排骨。她一定会知道二婶的，而二婶会不会说，看见婉丝半夜里鬼鬼祟祟地埋东西？她会指出地点，文华也许信，也许不信，毕竟她们妯娌之间，彼此视若仇敌。万一她真的信了，就会挖出那副沾着农药的手套，然后明白一切。

即使如此，那又怎么样？她是他们的亲女儿呀，难道为了一条狗就跟她翻脸？婉丝在心底笑着，笑容几乎翻到脸上，被她克制住了——她几乎是有恃无恐，甚至是要恃宠生骄的：她嫁出去了，他们不得不对她客气一点，如果还指望她将来继续贴补的话。

东西整理好了，婉丝拉着杨浩要走，说怕民政局排长队，耽误了时间，火车要赶不及了，两个人明天都要上班，都忙得很。德炳没有苦留，狗死掉了，他表面上虽然很平静，但是婉丝知道——她就是知道，她毕竟是他的女儿呢——他一定很难受。

怀着同情，他们同德炳告别，婉细送他们走，帮他们找到一个在县城里跑黑车的邻居，送两个人去民政局。婉丝刚刚上车坐好，婉细弯下身，轻轻地敲窗。车窗降下来，她伏在姐姐耳边，轻轻说了句话。婉丝点点头，车子启动了，大家挥手告别。

杨浩问："婉细跟你说什么？"

"一个人名，"婉丝说，一边从包里翻出墨镜戴上，"一个英国女歌手，我昨晚听了很久。"

"那为什么要耳语呢？"

"小女孩嘛，喜欢装得神神秘秘。"婉丝停了停，又说，"我小时候也像她这样。"

"不，你不一样。"杨浩否认这个说法，"你正好反过来，本来是神神秘秘，只是喜欢装作很单纯而已。"婉丝被他逗笑了，嘴角咧开，只听笑声爽朗，却看不见她藏在墨镜后面的眼神。车子飞驰着，驶过新修的公路，新种的两排树苗显得幼细而稀疏，要浓荫蔽日，至少得等上十年。十年，婉丝想着，十年，二十年，也不过就一眨眼而已。三十岁之后，她觉得时间陡然加快了，一切尚未开始，就开始觉得要赶不及，赶不及了。杨浩来得不早不晚，命中注定，应该是他，只能是他。她想着，领结婚证之前，有杯酒就好了，可以壮胆，也像是为自己送行，而杨浩却说，办完手续，应该去喝一杯，庆祝庆祝。

幸而，这并不是男人与女人之间的本质差别，婉丝想，只是我与他的一点不同。她把脸贴在高速动车的车窗上，感受玻璃的冰凉，景物飞速后退，乃至微微地模糊，仿佛穿越在时空的隧道。她感到睡意袭来，感到杨浩把她倾斜的身体扶正，好好地安顿在椅子上，防止她歪着睡着，醒来又喊颈椎痛，又给她盖上一件衣服。她蒙眬地意识到这些，咕哝着说了句什么，也许是"谢谢"，也许是"谢谢亲爱的"，也许是别的什么甜蜜的话，总之杨浩伸出手来，像哄小孩子似的轻轻拍着她的肩膀，她就这样一觉睡到了北京。

14

结婚并不是一刹那就完成的事，而是一段旅程，像火车停靠入站，先减速，再慢慢地驶进站台，车上的旅客匆匆地收拾东西。等待婚礼的心情就像等着火车进站，兴奋中带着一点心焦。回到北京之后，婉丝把他们的结婚证放进床头柜的抽屉里，从此名正言顺地躺在一起。

然后，结婚的标准流程还得接着走下去。婉丝和杨浩去拍婚纱照的那天，凌青带上她新买的相机，给他们跟拍。她说，她在办公室里憋了一周，面对无数乱七八糟的人和事，烦得透透的，周末出门，见到一对光鲜亮丽的新人，换衣服、换妆，外景地骄阳似火，两个人累得汗流浃背，被摄影师来回摆弄着，还得保持脸上的微笑，顿时就觉得开心多了。她一边看热闹，随手拍到很多两个人的窘态，拿给他们看，引以为乐。

婉丝没力气去抗议，她被那身沉重的纱裙压着，感觉整个人要被一波雪白的巨浪淹没，需要大喊求救，而她身边的那位男士，对她的困境却无动于衷，因为他自己也被一套硬邦邦的纯白西装五花大绑着，手臂一抬便是一道褶子，不像布料，倒像是石膏打满全身，动一动也不能。“我背上全是汗。”拍摄的间隙，他抱怨说。婉丝双手提起裙摆，让化妆师往她脸上补妆，这层不透明的灰泥子经常被汗水冲出一道道沟，随时需要修补，结果涂得越来越厚，婉丝怀疑自己的脸都要因此大上一圈。

他们站在一片花田里，忍受着蚊子和别的小虫，它们在错综复杂的裙子里迷了路，甚至困住飞不出来，就一遍遍地叮她的腿。凌青带了驱蚊水和止痒膏——她虽然嘴巴经常刻薄，做事却总是比婉丝细心周到，拿出来往两个人身上喷了一圈，莫名地有股类似毒药的味道，虽然很多毒药是没有气味的。化工产品的味道和花香混杂在一处，婉丝对杨浩说："怎么有股馊味？"

"是你在出汗，"杨浩说，"再加上我也在出汗。这什么时候能拍完？"

"快了，快完了。"婉丝说。摄影师的女助理比了个手势，她远远地站在花田外，树荫底下，两个人就摆出笑容。婉丝的头贴在杨浩肩膀上，注意微笑的同时不要眯起眼睛，为了显得眼睛大些。这是摄影师教他们的技巧，结果两个人都显得皮笑肉不笑，美得僵硬，好像很不得已似的。过后，婉丝看到成片，对杨浩说："真糟。还不如凌青抓拍的那些更自然。"

纵然有诸多的不满意，钱都付过了，只能照单全收。几个大小不等的烫金相册，一个装饰复杂的花边大相框，可以挂在新房的客厅或者床头，但婉丝觉得最好还是塞进床底，让它永不见天日。照片上的女人根本不像自己，放大了看更是陌生。她本来生得五官平淡，上了浓妆，如同白雪遮盖了平原，特点全部消失，像个随手画出来的人形图像，有鼻子有眼，仅此而已。杨浩也没有强到哪里去，两个人凑在一起，仿佛是一张婚纱照的大众模版，两个钱没给够的蹩脚模特，不情不愿地笑着，同仇敌忾地对抗着要求多多的摄影师。这简直是跟自己过不去，婉丝看着那些照片想，明明可以做得更好、笑得更美、吻得更热切的，结果却是这副不尴不尬的模样。婉丝满心以为都是人家摄影师的错，其实人家只是按着寻常的套路来拍摄，套路本身便是专业，只是她不习惯在镜头前表现亲热而已。别人会花样秀恩爱，她秀出来的只有别扭。

凌青说：“他是你老公，名正言顺，结婚证都有了，你就不能表现得大方一点，怎么是一副偷情的心虚模样？”

“好吧，您是大小姐，我是小家子气，行了吧？”婉丝不服，气哼哼地，怪她说话太毒，不留余地。她问凌青：“你这张嘴，在办公室不怕得罪人的？”

“得罪不得罪，不是我考虑的事。”凌青说，“要当老好人，我也轻易混不到今天。”接着又说婉丝：“你这个人，总是在无所谓的地方乱纠结，浪费精力。”还没等婉丝问她此话何意，她就说：“杨浩都告诉我了，你还吃李芸的醋，人家已经有男朋友了。”

婉丝觉得窘困，不知道杨浩有没有说她偷看手机的事，实在丢脸，暗暗地怪他不该多嘴，就岔开话题，问：“她又交男朋友了？”

“我没见过，她自己说的。”这是另一个周末了，杨浩加班，凌青偷个闲出来陪婉丝逛家居卖场，走累了，出来找到一家奶茶店坐着喝饮料，又问她婚礼的事。原来她们找的那家婚庆公司，是一条龙服务的，因为婚纱照拍得不好，被婉丝嫌弃了，想要再换一家。说着说着，她感叹道：“结婚好累，领证只是开始。”

“累算什么，无聊才可怕。”凌青说，小口喝着她的无糖奶茶。最近她瘦了不少，减肥就是这样，越见成效，对自己就越苛刻，分毫不肯放松。她的原则是：无论盘子里、杯子里，或者碗里有什么，任何分量的食物摆在眼前，她只吃一半。

“你觉得，李子墨真能坚持住，跟你不结婚过一辈子?”跟凌青这种人在一起，最好的相处方式就是引着她谈论自己，她能滔滔不绝地说上半天，然后婉丝就能在聒噪中获得宁静，不失为一种长久而和睦相处的小窍门。

“随便他，我们俩在一起，不聊这个。”凌青说，“我觉得，”她很少用这种不太自信的字眼，“我觉得他可能有些想法，但是我们谁也不开这个头，就这样挺好，真的挺好。”往往她说“真的挺好”的时候，也许并不是那么好。

“反正你赶紧订日子，”她喝到奶茶还剩一半，就把杯子推到旁边，“别耽误我去潜水，我现在是俱乐部的主心骨。”说到这个，她又开心起来，“我的师父，就算是师父吧，打算在国内正式注册，这样就有一个实体，搞活动更方便。他还想搞潜水学校，比较高阶的，门槛也高，不收初学者。你不知道，潜水是热门运动，有市场，而且大家都愿意花钱。好的设备、好的教练、好的潜点，我们可以在国内开发一些新的潜点，就算不做大，利润不会少的。”她说得兴致勃勃，婉丝问：“你平常那么忙，哪有精力搞这些?”

“这个能做起来，我还开什么鬼的培训学校?”凌青说，忘记了戒律，拿起那一半奶茶又喝起来，“与其跟一群志不同道不合的人在一起，说破嘴皮人家也不信任你，处处有阻力，不如顺着自己的爱好做点事，赚不赚钱的，至少大家开心。”

婉丝没跟凌青说，其实杨浩已经萌生去意，也在接触一些猎头和职位，看有没有更好的机会。他觉得现在公司管理混乱，凌青虽然是上司，也是朋友，很多事情他能忍就忍了，但也看出来这里不是久留之地。他不愿意多说，婉丝能感觉到：杨浩对凌青的工作方式并不认同。有一次他说，凌青在公司里，上上下下得罪了很多人。

她们离开了奶茶店，又回到卖场里，婉丝订下了一家的橱柜和地板，别的她拿不定主意，打算下次拉着杨浩再来。凌青开着车，本来要送婉丝回家，婉丝不要她为了自己绕路，让她直接开回家，自己再打车就好了。凌青说，晚上要跟李子墨去吃一家新开的烤肉，让婉丝帮她打电话订个双人位。

车停在凌青家小区的外面，婉丝下了车，看着那辆墨绿色的 Mini Cooper 缓缓地驶进大门，自己又拿起手机叫车。在街边等出租车的几分钟，名副其实的碎片时间，只能刷刷微信，或者百无聊赖地望着街上的车水马龙。本来她没有注意到那辆大众 SUV，灰色的，很不起眼地停在街对面，车窗上贴着深色的膜，乍一看似乎眼熟，然后她想起来，李子墨开的也是这个型号，她坐过一次。

同款车当然不算巧合，但是从车里面走下一个熟人，就算很巧了。那辆车停了一会儿，副驾驶的车门打开，下来的是李芸。婉丝不知道她有没有看见自己，只见她下了车，马上就钻进一辆刚刚开过来的出租车。那辆大众 SUV 继续向前，到前边的十字路口掉了个头，朝着婉丝的方向开过来。她后撤无路，只好扭头走进路边的一家便利店，隔着玻璃门，看见那辆车开进凌青家的小区，看不清驾驶员的脸。她从便利店里买了一瓶水，重新回到路边等自己的车。

上车之后，她打电话给凌青，没人接，接着又打，对方终于接听："什么事？我刚刚在洗澡。"

婉丝已经想好了如何不着痕迹地提问，她说："今天，李芸也在公司加班吗？"

"我都说过了，人家有男朋友，别乱吃醋。"凌青叹了口气，"我不加班，就用不着她。放心了吧？人家没跟你老公在一起。"

"好吧。"婉丝说，"李子墨到了吗？"

"还没。"刚说完，电话那边传来了开门声，凌青说："他刚到。还有别的事吗？"

没有了。婉丝挂断了电话，手机还在掌心里。她当然可以发个微信，把刚才看到的告诉凌青。不用判断，只需描述事实，结果由凌青自己判断，也许是她胡乱猜测呢。

晚上，杨浩说事情多，不回来吃晚饭。她一个人在家，随便点个外卖，开着电视，看了一会儿八点档的电视剧，觉得这种狗血剧情不至于发生在现实中，一定是自己想多了。她关掉电视，去洗了个澡，带着 Kindle 上床，长久地停留在同一行，好像读不懂文字似的。她合上书，在一室的黑暗中，估量着，作为朋友，该不该将这怀疑说出来。

最后，她下了决心，拿起手机，拨通凌青的号码。时间很晚，她应该已经睡了，没想到对方接起来。那头闹哄哄的，说还在烤肉店里，问婉丝有什么事，怎么一会儿一个电话？

婉丝迟疑半晌，说："那家烤肉好吃吗？"

"好吃。你睡了吗？没睡就过来找我们，真的好吃。"她兴致很好。

"我马上就睡。好吃的话，下次我跟杨浩也去试试，他喜欢烧烤。"

"那好，改天咱们四个人一起来。"

通话结束了，她把手机丢在一边，脸埋进枕头里。如果是真的，让凌青自己发现或许更好。同时她又觉得愧疚，因为，如果换作凌青发现朋友遭到了背叛，必定会跳出来揭穿，不会让朋友继续受骗的。她就做不到，出于胆怯，她不想挑起任何正面的激烈冲突，即便炸药就堆在脚边，她也不想当那个点燃引线的人。

最后，婚庆公司还是没换成，人家坚持不肯退款，不过，经过这番折腾，他们对婉丝的事更上心，态度更热情了，搞得婉丝倒有点过意不去。他们带她去看典礼的场地，一处公园边上的大片草坪，点缀着几间白木板房子，背景稍微处理一下，拍出的照片就很有欧洲风味。她拿手机拍了几张发给在医院陪床的杨浩，问他喜欢吗，他过了很久才回复：你定吧。

她觉得不错，就定下来，随后也去了医院。杨妈妈治疗的状况比预想中要好，人虽然瘦，精神还好，见到婉丝，就让她坐在床沿边上，问："你妹妹高考考多少分？"婉丝告诉她，分数前天刚出来，婉细打电话过来报喜，考得不错。

"考得这么好，你们家都是聪明姑娘。"杨妈妈说，"杨浩当年念书的时候，真是愁坏我了，考上一个大学，也不理想，后来没办法，毕业了又送他出国。会念书的孩子，家长最省心了。"她说起杨浩小时候的事，就滔滔不绝起来。

每回见她，她都拉着婉丝聊天，话题围绕着杨浩。她对儿子的记忆和了解，停留在十八岁之前。她说他爱吃的东西、爱看的漫画书、爱听的演唱会，都是多年前的旧事。她说起这些，眉飞色舞，眼睛是亮的，婉丝只需要陪着微笑或者适时地点点头，她就能继续说下去，直到杨爸爸开口："这事都说好几遍了，你歇歇吧，让人家听你这些老皇历。”

“没关系，”婉丝说，“我都不知道他小时候那么调皮。”

“等将来你们有了小孩，就知道了。”杨妈妈说，一边观察婉丝的脸色。杨浩在一旁说：“妈，你不要这样，人家会有压力的。”

“我就随便说说。”杨妈妈打个岔。婉丝拿起一只空的保温杯，去楼道的饮水机里打温水，发药的护士推着不锈钢的手推车经过，探视时间马上结束了。等杨妈妈吃完药，两个人就离开医院。婉丝一路上都没怎么说话。

等两个人都躺下了，过了很久，杨浩说：“你还没睡着？”婉丝“嗯”了一声，说：“你妈会不会催完结婚，又催生孩子？”

“她身体不好，想看见孙子，很正常吧。”

婉丝忽然觉得，杨浩这样急着求婚，有多少原因是为了他妈妈呢？她翻个身，把手搭在他的脸上，若有所思地轻抚。杨浩说：“你不喜欢小孩子，是吗？”

“我要是生了孩子，”婉丝说，“只有两种结果。要么特别苛刻，让他长大了恨我，要么就疯狂溺爱，彻底毁掉他。你喜欢哪一种？”

“还有我呢，婉丝，”他把婉丝的手拿下来，自己握着，说，“我不会让你一个人去对付他。你扮白脸，我扮红脸，好不好？”

婉丝被他逗笑了。深夜不是一个讨论严肃问题的好时间，因为很容易说着说着，就得到一个完全不严肃的结果，用做爱来解决一切谈不拢。杨浩有时候温柔，有时候也试着粗暴起来——在他的前女友中间，有人就爱这样。总之，他不确定婉丝喜欢什么，她好像什么都喜欢，又什么都不抗拒，看不出来她的偏好，搞不清楚到底是随和、是宽容，还是冷淡。有时候，他想聊聊，发现她入睡得比自己还快。大白天总不适合谈这个。

归根到底，这是一个重要但是够不上关键的问题，不是结婚要考虑的必选项。杨浩有些怅然地闭上双眼，他不知道婉丝并没有睡着，她只是尽量避免这方面的谈话，倒不是害羞，她还没那么保守，而是不知道怎么既不用说谎，又不会伤害对方的感情——其实坦诚并不会伤害真心相待的人，含糊和隐瞒才会，很久之后她才懂。

日子定下来，比计划提前了一个月，因为有一对新人临时取消了预订。婚庆公司的职员在电话里跟她八卦几句，说那两家为了房子的事闹得鸡飞狗跳，最后分手拉倒，结婚证扯了没几天又去办离婚，比电视剧还热闹。她一边听着，一边紧走两步，跟上前面的两个同事，三个人一道出来吃午饭。她已经进入了一个办公室的小圈子，每天一起吃饭，不像刚来时那么形单影只，感觉安全多了。

等着上菜的时候，她说起这件八卦，一个姓梅的女同事说："这有什么稀奇？女的婚前不议价，婚后不是任人拿捏？这算醒得早。醒得晚，孩子都打酱油了，离婚那么容易的？"

另一个也说："男方家以为领了证就套牢，在房产上要花样，活该被甩嘛。"婉丝一听，俨然又是两个文华，原来自己的母亲并不是什么奇葩，只是说话方式更直白而已。婉丝只说："结婚又不是做买卖。"

"话是不能这么说，但是本质就是如此啊。"梅姐说，"没有一点抵押品，怎么把青春就托付给别人？"

"这么说，他比我年龄小，"婉丝说，"好像是他托付给我的青春比较多。"大家一笑而过，问婉丝蜜月要去什么地方，她还没想好。这个问题很快凌青帮她解决了，极力推荐帕劳，也是以潜水知名的海岛。凌青马上要去那里，跟着俱乐部的朋友去玩。提到潜水，她开始用“探索”这个词，婉丝觉得，这个人是有点膨胀了。

“所以，这一次还要为你改机票。”婉丝告诉她婚礼要提前的时候，她说，“没关系，你是一生一次，改签个机票算什么。”

凌青比预定的计划提前一周出发，正好赶在婉丝婚礼之前回来。她在俱乐部的朋友还是坐原来的航班，她一个人到了当地，先跟潜店联系上，让当地的向导带着自己去潜。婉丝担心她英文不好，不能沟通顺利，凌青还说：“放心吧，专业人士，眼神都能会意，不用非得靠语言的。”婉丝想，她还是老实一点，别去“探索”比较好。

这阵子，她和杨浩都很忙，没空看凌青在朋友圈刷屏的视频和照片，凌青说帕劳适合度蜜月，又推荐酒店，那应该错不了。后来杨浩跟婉丝商量，可不可以先不去度蜜月，用婚假陪他父母回趟老家，她想都没想就答应下来。帕劳永远在地图上，而人是会消失的。

凌青走后的第三，或者第四天，记不清了，晚上临睡前，婉丝看了一会儿书，刷刷朋友圈，给凌青的水下视频点赞，跟她说，婚假要陪公婆回老家，蜜月只好明年再议，凌青还发过来一个遗憾的动画表情。

然后她就关灯躺下。杨浩这两天感冒了，晚上还有点发烧，早早就睡了，她今天却格外有精神，拿着手机看一些无关紧要的八卦，直到眼睛微微酸痛，才把手机放在床边，过了很久才渐渐睡着。也许没有那么久，总之在婉丝的印象中，那一夜显得特别漫长，好像预感到有事要发生似的。

睡到后半夜，她被铃声吵醒。这个时间接电话本身就不寻常，她迷糊着摸到手机，想挂断，以为是什么骚扰电话，结果误操作成了接听。里面传出一串英文，喊着黄婉丝的名字，荒腔走板，没有一个发音是对的。

婉丝把手机贴在耳朵上，上次有人跟她主动讲英文，就不是好事，这次也一样，甚至更糟。她坐起来，用另一只手将蓬乱的头发拢到脑后，对方还体贴地问："你在听吗？"

"我在听，"她说，"我听明白了，不用重复。"对方又说了一些话，要她查收电子邮件，里面有更多信息，需要她去联系凌青的父母，需要她做很多事，没时间去放声大哭。

她叫醒了杨浩，把事情告诉他，自己都惊讶居然如此镇定。然而现在他们什么也做不了，只能坐着等候天明。她很感谢身边有杨浩，他的烧退了，出过汗，几根头发还粘在额头上，婉丝给他找出一件干燥的T恤，毫无必要地动手帮他脱掉汗湿的那件，好像他是个生活不能自理的小宝宝似的，又帮他换上新的，看着他的头从领口里钻出来。他年轻、健壮，身材不错，长得也很精神，对自己很好，和他在一起，眼前的生活只剩下坦途——本来，他们下个周末就要办婚礼，宴席订好，喜帖都发出去了，她全家人都要来北京。

杨浩张开双手，将她抱进怀里。婉丝诧异自己竟哭不出来，也许是因为天还没亮，还可以骗自己，这不过是一场噩梦。直到晨光透过窗帘，而噩梦仍在继续，没有人能把她第二次叫醒，此时此刻便是现实，婉丝才哽咽着滚下眼泪。

官方的说法是"失踪"，与"死亡"相比，似乎没那么决绝，婉丝刚看到这封邮件的时候，心里还稍微轻松了一下。也许他们很快就能找到她，她被洋流吹走了，此刻正在蔚蓝平静的海面上漂浮着，像电影里的情节。她又饿又渴，快要支持不住的时候，遇见一艘船，本来人家没看见她，她拼命地大喊大叫，挥舞手臂，终于被发现了，被营救上船。这件事会成为凌青后半生足以炫耀的经历，在所有饭局上被一遍又一遍地讲述，每次都修改一些细节，直到面目全非，直到她自己也忘了真实到底是怎么回事，只有传奇般死里逃生的荣光。

她一定喜欢这故事，婉丝想，“探索”也许都不能满足她，她要的是生命的历险。她又读了一遍邮件，知道潜水员的“失踪”，尤其是洞穴中的“失踪”意味着什么——人找不到了，消失在茫茫的海水中，等于宣告死亡。死不见尸。

这不像是凌青的结局。接下来的一套流程，标准得像有教科书在明明白白地指引。她先打电话给凌青的父母，这件事总得有人去做，上次见到他们还是春节。四月，凌青给她带来院子里香椿树的嫩芽，最幼细的，带着紫色的叶子，捆扎好的。她打电话过去的时候，凌妈妈还很高兴，问她：“听说你要结婚了？要请我们呀。”

婉丝用一种筹谋已久的、缓缓的语气说了出来，起初对方没听懂，她压根不知道凌青有潜水的爱好，以为婉丝在说别人的事。也许是线路信号不好，也许是她听力减退，总之婉丝不得不重新说了第二遍，讲重点、讲事实：你女儿死了。

她尽快地挂断电话，给他们一些时间，心底明白这件事的余波，也许穷尽人生也无法消弭，多久都不够用，但是死亡是一件长久的事，悲哀尽可以放在后面慢慢体会，退休在家的两位老人，最不差的就是时间。眼下，他们有很多事要办。对他们来说，或许是终点到了，但是终点之后，走过最后一盏灯，漆黑的路还没有完呢。

婉丝向公司打报告，预支了她的婚假。杨浩说他不能陪婉丝，公事上也需要很多后续的交接和处理，婉丝完全理解。两个人都没提起婚礼的安排，还有半个月的时间，也许得推迟，酒店场地都是排满的，一推又不知道要推到什么时候，杨浩的妈妈是否等得起，近来医生给的全是坏消息：她的身体状况正在急剧下滑。

她走上飞机，被人指引着、安排着坐稳当了，耳边不断有人在嗡嗡说话，说个不停，还有人在笑，笑得那么大声，像是有意冒犯似的。她一边安慰两位老人——凌青依然停留在失踪的状态，不至于完全绝望，一边想着另外一件事，关键的事。该不该告诉他们？在飞机上，凌妈妈对婉丝说："你说，这是不是什么骗局？电视上演过的。"

婉丝什么也没说。她知道自己应该扮演一个积极的安慰者，而不是和他们一起陷入悲痛深渊，这也轮不到她。她假装累了，看向窗外，厚厚的云层一动不动，时间和空间的参照物都消失了，她把遮光板拉下来，不要看见自己在玻璃上的凝滞的倒影。她想，要不要告诉他们：凌青是为了她才提前出发？如果没有更改计划，也许她不会出意外。

这说得通，她想，世事难以预料，由无数偶然集合而成结果。假如那对夫妻没有因为房子的纠葛而取消婚礼，婉丝和杨浩没有改动时间，凌青会和她的朋友们一起出发，那么现在她还在北京呢。也许她不会再遇上突然的海流——是这样说吧？海流。怀疑是遇上了莫测的海流，被卷走了。在海底，所谓的救援不过是寻找尸体而已。

不说也没什么关系。她始终扭着头看窗外，凌青的父母坐在前排，她有意不跟他们坐一起。也许下了飞机，又有另一种说法等着他们。凌青所在的潜水俱乐部也在帮忙沟通，但是帮得有限，或许人家不想牵扯在事件里头，影响自家的名声。临行前，婉丝跟他们的负责人打过电话，才知道这家所谓国际组织的分支机构在国内是没有实体的，充其量只能算作一个松散的民间俱乐部。况且凌青此次是单独行动，脱离了大家的计划，对方能够表达的，也只有作为朋友的惋惜和伤感——克制的、有限度的，小心翼翼地不把自己纠缠进去。婉丝心里明白，她代凌青的父母向他们表示感谢，答应对方，如果有需要一定会向他们求助，但其实也没什么要他们帮忙。

这里风景如画，是度蜜月的好地方。婉丝和凌青的父母走出机场，等出租车。阳光耀眼，她忍着不要拿出墨镜戴上，担心显得太不严肃了。然而凌青肯定不希望这样，她不喜欢一切假作正经，连死亡也可以拿来戏谑。强光之下，婉丝将眼睛眯了起来。直到此时，说是度假也未尝不可，身边经过的那些人，穿着清凉花哨，拖着大大小小的行李箱，有蹦跳的小孩子，有披着长发的姑娘，宽檐草帽已经戴起来了。人人都怀着轻松玩乐的心情，乘着一辆辆车离开、分散、消失，在沙滩上、在树荫下、在透明的海水中央，像弹珠滚落在各处，时间由此缓慢下来。这里是世外桃源，适合悠然地闲荡，不适合寸秒寸金的救援。人还没找到，也许他们已经放弃了，只是做样子给家属和媒体看看而已。

婉丝的两条腿包裹在厚牛仔裤里，开始一层层地出汗。凌青父母都脱掉了外衣，婉丝才注意到，凌爸爸手臂上搭着一件厚外套，飞机上保暖用的，是凌青给他买的那件潮牌棉服，她要接过来帮忙拿着，被拒绝了。“不用，不用。”他说。这是两位老人对她说的最多的话，除此之外，还有“谢谢，谢谢”。他们觉得她承担了没必要的责任，在飞机上，凌妈妈还说：“耽误你上班了。”

她也希望这是个骗局，当拆穿的时候，不论是谁在恶作剧，她都要热烈地拥抱那个骗子。这个幻想支持着她，直到见到当地的警察和救援队，他们神情肃穆、措辞严谨，行动中看得出训练有素，穿着制服，佩着肩徽，身躯庞大，腰间悬着老式的对讲机。他们不是骗子，婉丝想，她甚至不敢看向凌妈妈，不敢向她翻译对方都说了些什么。两位老人像两个小孩似的跟在她身后，亦步亦趋。他们甚至像游客一样乘船到了海上，水下有礁石的暗影，在粼粼波动的浅浪之下，就像个会动的人形。凌妈妈几乎尖叫着指向那片阴影，婉丝俯身贴耳，轻轻告诉她：“阿姨，那是块石头。”

他们停留了五天，直到救援宣告结束，人仍旧没有找到，但是继续下去的意义已经没有了，他们说。在这几天，他们见到很多人，有当地的新闻记者，大使馆的人，各种肤色的相干或者不相干的人，这些人的话语和面容像水面上漂过的游船，而婉丝这边的三个人，都躺在深水里，看着他们驶过去，划开水面继而重归寂静。自从到了这里，凌妈妈一直呆呆的，话很少，有一天突然激动起来，“活要见人，死要见尸”，她说。为着这一句话，婉丝跟当地救援的组织者多番沟通，仍旧无果。挫败之余，三个人在酒店的大堂里枯坐，吹着海岛的风。服务员送上冰茶，大堂经理知道他们的遭遇，特意走过来打招呼，絮絮地表达同情和慰问。

“咱们自己雇人行不行？”凌妈妈突然说道，“你问问他，能不能出钱雇几个当地人去找，价格随便他们开，大不了我们把房子卖了。”

婉丝还没回答，凌爸爸说：“算啦，人家要回去结婚了。”

“那我们自己在这里等，找到青青，我们再回去，让婉丝先走。”

还有一周，婉丝算算，还有一周，就是办喜事的日子。她说：“我问过了，当地没有私人的救援机构，况且都找了这么多天。”她撒谎，她根本没问过，然而多一重希望无非是陷入更深的失望，而见不到凌青，对他们来说，或许是更好的结果，还可以悄悄保留一丝幻想，来自小说的、电影的、传奇的，甚至是神话般的幻想，她决心要尽快带两位老人回家。

凌青老早说过：我不介意这样死啊。如果她有一座墓，这句话简直应该刻在碑上。婉丝喝着冰茶，尝不出是什么味道，她只字不提后事——人都没找到，哪儿来的后事？倒是凌妈妈提起来：“你记不记得她那房子的钥匙搁在哪儿了？”

凌爸爸咕哝一句：“不记得，回去找找。”婉丝猛地想起了哈雷、李芸、李子墨，为什么李子墨没出现？为什么凌青的紧急联络人是黄婉丝而不是他？甚至两个老人也没提起他。她脱口而出：“李子墨呢？”

“你不知道，他们分手了呀。”凌妈妈说，说着眼圈又红了，“青青也没有细说。不知道为了什么，她不肯细说，就说又要出差。这些年她出差，都是出国玩潜水吗？”

婉丝没有回答。过了一会儿，她主动说起来了，说一切无关紧要的小事。她提起那天拍婚纱照，凌青帮他们拍了很多花絮，一定还存在相机里，不知道是不是带下水的那一台？说到他们去寺里拜佛，不知道凌青到底许的什么愿？凌青是个很好的朋友，一个除了不肯结婚之外很乖巧的女儿，说她死了，简直不是真的。此刻三人围坐着喝冰茶，像寻常小聚，她只是去拿个东西，或者接个电话，过几分钟就会回来似的。

对于溺水的人，几分钟便构成永恒。婉丝把一整杯冰茶都喝光了，仍然觉得渴，好像心里点着一把火，火苗向上蹿烧，嗓子都烧得哑了。她清清嗓子，慢慢把凌青改变行程的原因说了出来，从婚庆公司员工讲给她的八卦开始。

“是因为我，”她每说一个字，都像在沙石地上赤脚行走，“她为了要给我当伴娘，改了航班，一个人来，不然她不会出事。”她很想再要一杯冰茶，大堂的服务员正在和一个同事说话，没有看向这边。服务员穿着面料轻薄的制服套裙，盘起的发髻上别着一朵白色的鸡蛋花，新鲜的花。

凌妈妈没有说话，如果她需要一个情绪的出口，婉丝情愿让她发泄，可她偏偏一句话不说。海风漫漫地吹着，是凌爸爸打破僵硬的沉默，救了婉丝，他说：“青青小时候喜欢轮滑，她运动能力好，天生的，像个男孩子。我给她报了一个兴趣班，买了轮滑鞋，让她去学。”

凌妈妈依旧呆呆地望着桌上的三只玻璃杯，服务员走过来将它们一一收进圆形的木托盘。

“她天天去滑，上瘾了，有时候回家，身上摔得青一块紫一块，那也要去。青青喜欢干什么，她一定要干成，还要比别人干得好。后来，她妈妈说，你一天只能玩半个小时，不能耽误写作业，再后来，又说，轮滑有危险，不让她去滑。”

“她这样上瘾，影响学习的。”凌妈妈说，“她控制不了自己，控制不了时间，天天只想着玩，那就彻底禁止。”她说这些，好像女儿还活着，还需要她和爸爸一起管教，说完她就把脸埋进皱缩的双手里。

“她还闹过一阵子，也闹不过我们，我们以为时间一长，她就忘了。”他说，“我想，要是那时候不干涉她，会怎么样呢？她就不会撒谎，不会瞒着我们。或许她还在天天玩轮滑，没有学潜水呢。”

凌妈妈哭出声来。婉丝明白，不光明白凌青，也明白了她父母的心情，他们以为一切都是自己的错。因缘际会，三个人才坐在这里，说出各自的愧疚。如果凌青此刻坐在这里，一定会笑着摇头，要他们不要犯傻，要他们好好地回家。

“我再想想办法，”婉丝说，“看有没有可能找到别的救援组织，总得找到她。”这话像是对自己说的。这样，他们又耽误了一周，毫无收获的七天。中间杨浩打电话问婉丝，到底什么时候回来？她也说不清楚，婚礼不得不临时取消，杨浩按着群发电子请柬的地址，重新群发了道歉邮件。婉丝这边的朋友由她自己负责通知，包括家人。她打电话回去，简单几句说明情况，不想跟妈妈多做解释。文华免不了一惊一乍：“为啥？人家不要你了？”

她挂断电话，躺在床上，乳黄色的天花板，与古铜色的巨大吊扇很搭调，黄昏的日色给房间里的陈设都蒙上一层温暖的金色，是属于昨日的怀旧气息。好像哪首歌里唱过，或者哪部电影里演过类似的情景：门打开了，走进一位故人，脚步轻快，容光焕发，婉丝问她：“你去哪儿了？怎么都找不到？”她只是笑着不说话。然后便惊醒，已是一室黑暗，她扭亮床头的灯，起来动手收拾行李，明天他们就要离开这里。箱子里装了凌青的遗物，一些衣服、一些潜水用具、一套全新的还挂着标签的明黄色比基尼，小小的两片布，样式性感——酒店一直保留着凌青的房间，让他们随时进去整理东西，凌妈妈翻到这套泳衣的时候，就送给了婉丝。

15

回到北京，两位老人坚持不要婉丝送，自己打车回家，他们需要独处的空间和时间，她明白。在出租车上，她打电话给李子墨，语气生硬地问他有没有凌青家的钥匙，她要去看看哈雷。对方正在上班，说有的，让她到自己公司来取。

她让司机改道，自己在后座上仰靠着，几乎立刻就睡着了。李子墨上班的地方不算偏远，晚高峰时段，路上堵得严丝合缝。车里的空调吹得很冷，婉丝的外套都收在行李箱里，她只好抱紧双臂，一会儿被冻醒，一会儿又迷糊过去，只瞥见前车红色的尾灯，等司机说“到了，到了”，才睁开眼睛，路边的写字楼里都亮起了灯。婉丝觉得头晕沉沉的，脖子后面像被一只手捏着向上吊，剧痛……颈椎，她想，又是颈椎。

她请司机师傅稍等，一会儿她还要坐车回家。在高耸的写字楼下，她蓬头垢面地等着，像从荒野里来的原始人。下班的人们个个挺拔光鲜，只有她穿着运动鞋、几天没换过的汗湿的牛仔裤，T恤似乎也穿了几天，记不清了。她无法在凌青父母跟前，一天还换一套搭配好的衣服。她给李子墨打电话，一遍又一遍，催他下楼送钥匙，他说在开会。最后他说，交给下班的同事带给她，他还要加班，抱歉。

她盯着屏幕上那几行字，心知他怕见自己，怕被质问，也经不起追问。胆小鬼，婉丝想，你不来解释，我还可以去找李芸，逼她说个清楚。这躲在女人背后的胆小鬼，她愤愤不平地气恼着，甚至李子墨的同事，一个背着双肩包的年轻男生走过来问她是不是李工的朋友，她都恶狠狠地断然否认。对方用奇怪的眼光看着她，婉丝才反应过来，说："对，钥匙是给我的。"

她回到车里，一手揉着自己的脖子，一手捏着那把银亮的钥匙。脖子，一定是因为脖子太痛了，才会如此失态，婉丝想着，一边报出凌青家的地址。她没想到会在这里撞见李芸——门一开，李芸就站在客厅中央，戴着口罩和手套，哈雷在李芸脚边埋头吃着一盒罐头。

"我来帮凌总喂猫。"她说，声音从口罩后面传出来，是闷闷的。

"我来看看哈雷。"婉丝走过去，伸手摸灰猫的背，毛很柔密，底下是坚实的肌肉和柔软的骨骼。李芸后退两步，用戴着手套的手去调整脸上的口罩，婉丝问她："你跟李子墨在一起了？"

李芸的上半张脸看不出什么表情，她说："他们分手了。"

"因为你？"

"因为他们不合适。"

"她没炒掉你？"

"她说她回来就要炒掉我。"

"那她还让你来喂猫？"

"我还有一个月工资扣在公司呢，"李芸说，"没办法呀，而且她现在也炒不了我了。"

婉丝克制着没有冲上去，因为一切争执对死人都无意义。哈雷吃完了，坐在一边舔它的爪子。

“你为什么要这么干？”

“我没必要向你解释。”李芸说，“我跟凌青解释过了，她不听，我也没办法。”她接着说，“她平常好像多么大气潇洒，遇到这种事，还不是跟个小怨妇一样，哭哭啼啼、大吵大闹的，真没意思。”

她心怀愧意，婉丝想，就是这样，不然她干吗还要来照顾哈雷？大部分人都不愿意承认这种情绪，但它总是存在。李芸从玄关上拿起一把钥匙，向婉丝晃了晃，说：“她家的钥匙，我不拿了，你保管吧。”说着，她摘下口罩，手套也脱掉，将这些东西一股脑儿塞进手提包里，到玄关换了鞋。她还记着换上客用的拖鞋？婉丝差点冷笑出声。李芸用手整理自己的头发，穿好鞋子，从包里取出一支口红，不用镜子，就准确地擦在嘴上。晚上是约会的时间，祝她和李子墨能一起睡个好觉。婉丝扭头寻找哈雷，听见门开了又关，哈雷蹲在飘窗的正中间，一对圆眼静静地望着她。

她的脖子还在痛，此刻连着头也痛起来，太阳穴突突跳着，像有颗心在里面蹦着，快要冲破皮肤。她用力地按住痛点，坐在窗前的地毯上。哈雷在身边围绕，她埋着头等待这波疼痛过去，眼睛压在蜷起的膝盖上，牛仔裤被眼泪沾湿了。这是凌青出事之后她第一次哭，也许是因为头痛得实在厉害。

从这一天起，她开始照顾哈雷，每天定时过来帮它添粮换水。凌青养猫讲究得很，婉丝尽量不降低它的生活标准，按时订购猫粮和罐头，偶尔也打扫下房间里的灰尘。她父母暂时不想动这房子，也不想来，好像不去处理这些事情，女儿就还在似的。有一天，婉丝带了两束鲜花过来，翻出凌青收起来的那些花瓶，插了两瓶，摆在阳光好的地方，摆了一会儿，觉得不对劲，又统统倒掉。在没人住的房子里摆花，有种令人不快的寂静凄凉。她在这里待得越来越久，下班就过来，有时候自己点外卖吃，坐在地毯上，偶尔拣块肉或者没刺的鱼给哈雷。这是凌青严厉反对的事情，“会伤害猫的肾脏”，她说，婉丝认为这是小题大做。

不知怎的，婚礼一旦取消，两个人谁都没有急着再提起。也许是因为两个人都在忙，尤其杨浩，自从婉丝回来之后，他几乎没有在十点钟之前回过家。凌青留下的不只是待审核的项目和未完成的决策，在离开北京之前，她已经陷进某些麻烦。从杨浩的只言片语中，婉丝察觉到一些端倪。杨浩没有讲得很清楚，与海南的项目有关。

“那，跟你有关系吗?”有一天他难得回来早些，独自点了外卖的套餐吃着，婉丝坐在他旁边喝着热茶，一边问他。他们好久没做过饭了。

“嗯。”他继续吃，用吃来合理地堵住自己的嘴。等吃完了，婉丝又问:“你最近在忙些什么?”

“准备资料，回答问题，”他说，“收拾凌青留下来的烂摊子。”这句话里有责备的意思，余下的他就不愿意细说。渐渐地婉丝也知道一些，凌青被举报商业贿赂，拿供应商的回扣，眼下正在调查中，牵连到不少人。杨浩也是调查对象之一，他已经想好，此事一了，立刻离职，偏偏拖得这么久。事情比婉丝想象的复杂得多。有一天，她又问起，凌青到底惹上什么事?他很烦躁地将她顶了回去，让她别问了。

婉丝忍不住反驳:“这有什么不能说的?”

“跟你说不清楚。”杨浩说，“咱们就不能说点别的?”

她想说说在帕劳的经历，然后发觉其实已经讲过好几遍了：找不到人，放弃搜救，宣告事实上的死亡，像长舌妇在八卦，忧伤冲淡了，只剩下猎奇似的谈资，她不想再提，杨浩的安慰都显得潦草。他自己的焦虑其实更多，婉丝隐约地猜到，这些事不是公司能够协调解决的。商业贿赂，这种事可大可小，杨浩告诉婉丝，凌青走之前请了长假，有人说她是在逃避调查，可能她压根儿没打算短时间就回来，她的护照上有美国签证，至少能待上半年。

听着这些话，婉丝反驳："凌青不会放别人鸽子，她说好了要当伴娘，不可能不按时回来。"杨浩说："这些话也只有我信，说给外人，能当证据吗？"一转眼到了秋天，秋天短暂地过去，初冬，十一月，杨浩妈妈的情况已经很不乐观。

房子到手了，拿到钥匙，杨浩说冬天不适合装修，明年春天再说，婉丝也同意了。总之一切都在向后拖延。在当时看来，前头的时间是无尽的，几个月不算什么，他们都可以等。

她把哈雷带回家了。

对于婚礼的变故，杨浩倒没抱怨过什么，只有一次，就那么一次，杨浩说："我妈看不到我结婚，不过，有你，她也可以放心了。"最后那几天，他们俩全部时间都守在医院，她走得很平静，在深睡中离开，没有留下特别的遗言。婉丝陪着守到最后，一直戴着她送的金项链。那天晚上，两个人回家，她脱下衣服准备洗澡，水放在浴缸里，热气蒸腾的，镜子上起了雾，伸手抹开。那项链黄澄澄的，跟她的肤色不和谐，其实她戴金的并不相配。项链上缠了几丝头发。

她把它摘下来，清理干净，放在洗手盆边上，记得很清楚，挨着香皂盒和洗手液，金链子摆在白瓷面上很显眼。就放在那儿，过后她跟杨浩反复解释，就放在那儿了，不可能在别的地方。她踏进浴缸，泛着绵密泡沫的热水漫过身体，她只泡了几分钟，等不及水变凉，就站起来冲掉身上的泡沫，裹上一块毛巾，才发现忘记打开排风扇，浴室里充满了水汽，眼前模模糊糊的，浴室外的干爽空气显得冷飕飕的。杨浩坐在客厅里抽烟，窗户也不打开，婉丝不去管他，换上一身暖和的睡衣。

哈雷走进潮湿的卫生间，平时它最讨厌弄湿身体，可是卫生间对猫总有种奇特的吸引。它在门口迟疑了一会儿，尝试着瓷砖地面的触感，犹豫着要不要弄湿脚掌。它走进去，尾巴竖得很高，像一根空荡荡的旗杆。

它喜欢地面上溅出来的水滴，或者洗手台上遗留的泡沫，都要舔一舔，仿佛有什么特别的滋味似的。动物对人类的变故毫无知觉，每天过得像一座时钟那么稳定而有规律。时间在它身上几无痕迹，婉丝有点羡慕它。

杨浩在客厅坐了大半夜，天快亮时，婉丝才觉得身边一沉，他躺下来了，带着陌生的烟味，平常他不会抽得这么凶。妈妈去世，很难过吧？她想。从预知亲人的死亡，到如今真的面对，中间做了多少心理准备，到头来发现自己构筑的工事只有表面上的牢靠，在台风来袭时根本不堪一击，原来是如此的惊讶和绝望，悲伤反而被放到一边。

第二天，他们一整天忙着办理后事、通知亲友，婉丝尽量跟上他的节奏。他是个办事效率很高的人，凌青重用他，也是这个原因。火化之后，他准备和爸爸一起送骨灰回老家，第二天就要走了。晚上，婉丝说："你妈妈不在了，我们还要办婚礼吗？"

"我不知道，婉丝，你现在别问了。"

"其实，我是无所谓这个形式，"婉丝说，"但是婚庆公司不肯退款。"

"等我回来，我们再商量。"他看了婉丝一眼，问，"你的项链呢？妈给你的那条。"

婉丝才想起来，好几天没有戴了。那天她摘下来，就没再动过，然而这些天在洗手台上似乎也没看见。她走进卫生间，找遍一切角落，没有。

"就放在这儿。"她说，指着洗手池的台面，杨浩也跟着她找起来。

"不可能在别处。"她自言自语，开始在客厅和卧室里四处搜寻，连沙发靠垫都搬起来察看。

哈雷趴在一把椅子上，看着两个人在屋里走来走去，百无聊赖地打着哈欠，直到婉丝走过来将它抱起，看它身子底下有没有压着什么。这时候她的疑虑已经越来越深：这不是个好兆头。

最后，两个人放弃了寻找，坐在沙发上，谁也没说话。杨浩说："没关系，丢了就丢了吧。"

他很失望，婉丝想。

"就放在那儿了，"她说，感到一阵强烈的挫败，"不可能丢。"她猜想，会不会是哈雷把项链不小心弄到水池里，落进下水口，被冲走了，那就是真的丢了。实际上杨浩也没有怪她，这几天他的话很少，婉丝觉得自己就像个透明人。明天他就要走了。

她问："杨浩，是不是因为妈妈有病，想看见你成家，你才着急向我求婚的?”这是一个不懂装懂、明知故问的问题。当然不是这样，她想，可她偏要这么问，让他的回答来巩固自己的信心。

他答:“也不全是。”婉丝一颗心缓慢地沉了下去。

第二天，她没有送他去机场，他也没有要求，简单地道别之后就离开了，彼此都觉得对方有点冷漠。他这一去，没说什么时候回来，原先婉丝想着，最多三五日，下葬完也就回家了，结果光选墓地就花了半个多月，然后又是别的事。婉丝觉得他是不是在有意拖延，每次打电话也是匆匆挂断。

渐渐地，她有点习惯一个人生活，好像回到了从前熟悉的节奏里。杨浩从凌青的公司离职了，他说他想在老家多待几天，陪陪他爸爸，她当然没有异议，况且他只是通知，又不是同她商量，她听得出来。

她又一次打电话给婚庆公司，问能不能退款，对方表示很为难。

有一天晚上，她给哈雷打开一个它爱吃的鳕鱼罐头，看着它埋头吃着，突然想起杨浩：他一定是不想回来了。有了这样的认知，所有的冷淡、含糊、隐瞒、一天天音信渐稀，就都有了答案。

骗局，也许从头到尾都是个骗局。凌青出于私心，把他们拉到一起，他想跟老板搞好关系，后来，他想让妈妈放心和满意，至于黄婉丝是谁，其实根本无所谓。她明白了他的宽容、大度、不计较，统统都是因为不在乎。婉丝想，他真的表白过吗？真的说过“我爱你”吗？没有，一次也没有呢。

事实上，她也没说过，她忘记了，只觉得是自己在受骗。两个人糊里糊涂地、非常草率地走到一起，因此，这段关系也配不上一个认真的结局。她习惯性地觉得自己只配忍耐，配不上享受幸福，事到临头，反而害怕。总有障碍，总有人会离开，聚散有果无因。最后，干脆把戒指也脱下来。

在电话里，婉丝单刀直入地质问："你是不是想分手?"亲密的人之间，当关系发生变化，人是很敏感的，婉丝觉得这不是胡思乱想，是合理的推测。

他只说，让她再等等，让他把一些事情理清楚，给他时间，他会处理好，会回来找婉丝，让婉丝在家里等着，哪儿也别去。他以为她会信这些鬼话。

深冬，十二月，一个星期五的晚上，凌妈妈打电话来，说她想去凌青的房子里看看。婉丝才知道他们一直没有去，想叫她一起来，收拾收拾凌青的东西。第二天，婉丝按着约定时间赶过去，在小区外面下了公交车，就看见凌爸爸在一处早点摊排队，背上的白色天使翅膀非常耀眼。也不知道凌青是怎么想的，给老人买这么花哨的衣服。

婉丝走过去打招呼，凌爸爸说："我们起得太早，没吃早饭，她妈已经上楼了，我买点吃的，你要不要?"婉丝说她已经吃过了。不知怎的，看见凌爸爸排在买早餐的队伍中间，等着买热腾腾的饼和豆浆，她就觉得心里酸痛，眼睛也热了，怕让人看见，赶快转身走开。到了楼上，拿钥匙开门，就看见凌妈妈从厨房里出来，手里拿着一块湿抹布，看见婉丝，脸上露出些微失望的神色。

婉丝跟她一起，在房间里四处打扫。凌妈妈问起哈雷，婉丝拿出手机，给她看哈雷的近照，一张一张翻着。凌妈妈看得很仔细，说它很胖，养得很好，很可爱，照片一张张朝前翻，手一滑就翻到一张杨浩和婉丝的合影，还是拍婚纱照那天，两个人化好妆，随手自拍。婉丝迅速地翻了过去，凌妈妈说："这是你老公啊？"

婉丝含含糊糊地，正想着要怎么敷衍，其实凌妈妈也不关心，不多追问，只是说："唉，青青还没结婚呢。"说完，她又继续擦擦抹抹，沉浸在她自己的情绪里，婉丝深深地呼出一口气。

凌爸爸带着早饭来了，给婉丝也买了一份，让她跟着一起吃。婉丝陪着他们坐在餐桌边，吃今天的第二顿早饭。豆腐脑里有辣椒，凌爸爸问："你能吃辣吗？青青特别能吃辣。我让他们加辣的，加完才想起来，也不知道你能不能吃？"婉丝连连点头，把那一碗红通通的辣得喉咙发烧的豆腐脑吃得一点不剩。

早饭收拾完了，凌爸爸找出拖把，把地板拖得像镜面似的，人走在上面要特别小心。凌妈妈怪他："拖布太湿了。"她怕摔倒，就小心地穿过客厅，坐在沙发上，那里阳光正好，晒得人身上暖洋洋的。凌妈妈让婉丝也坐下来，问她："你什么时候结婚？一定要请我们。"婉丝说："一定请您和叔叔，但是时间还没定，他实在太忙了。"

"是，你们都很忙。"凌妈妈说。有人敲门，凌爸爸正好洗完拖布，就去开门。两个穿黑色西装的人站在门外，还跟着一对年轻的情侣，那两个人明显是房产中介，其中一个还是婉丝认识的，带她看过不少房子，跟婉丝热情地打招呼："姐，您好！"

原来，他们要把凌青这房子卖了。中介带着潜在的买主，婉丝退在一边，听他们边看边谈论，户型、朝向、装修，都很完美，小夫妻买下来就可以拎包入住，当婚房再合适不过。女生站在飘窗前，朝外面望着，说："这儿阳光真好啊。"她穿着雪地靴踩上了凌青的波斯地毯，婉丝说："您最好把鞋脱下来。"

人家识趣地走开了。中介把这房子夸得天上有地下无，买家倒没什么表示。凌青的父母始终一句话没说，等这群人走了，门一关，凌妈妈就说："婉丝，你有什么喜欢、用得着的，这儿的东西你都可以拿，就当留个念想。这房子要卖了。"

婉丝说她什么都不需要，哈雷已经跟着她了。提到哈雷，夫妻俩对视了一眼，凌爸爸开口说："哈雷，我们想带回家去，行吗？"

婉丝不可能说不行，凌青把猫看成自己的孩子一样，她父母来要，怎能不给？她带着他们打车回家，让他们在车里等着，自己上楼去收拾哈雷的东西，装猫的双肩包、食盆、水盆、剩下的猫粮和半箱罐头，猫砂搬不动，算了。哈雷顺从地钻进背包，拉链封好，琥珀色的眼睛在透气的纱网后面闪动。凌青说它不喜欢陌生的环境，希望它能够尽快适应新生活。

她把双肩包挂在胸前，两手提着东西，给送到车上去。凌妈妈接过背包，隔着纱网看了看，说："你还认识我吗？我是姥姥啊。"又自我解嘲似的跟坐在前面的凌爸爸说："瞧，混了大半辈子，混成了猫姥姥。"婉丝帮着把其他东西都塞进后备厢，跟他们说："你们有什么事就给我打电话。"

凌爸爸说："好，好，谢谢你。我有个侄子，住得不远，你放心。"

婉丝退后两步，看着出租车离开。

回到家，家里空空的，婉丝迷信冥冥中的启示，她觉得这就是天意，告诉她也该离开。不知怎的，她就开始收拾个人物品，衣服、书本、零七八碎的不知道有什么用的小玩意儿。这些年她经常搬家，一切驾轻就熟，找房子很容易，她得给那个房产中介打个电话，他姓什么来着？那个东北男孩。

从一只装杂物的鞋盒里，她翻出凌青寄来的照片，在水底拍的那张，几年前的事了，现在看来，凌青随手写下的一句话，就预示了今天的结果。杨浩上次打电话来，还是上个周末，他说他要在家里多住几天，陪陪他爸爸，再考虑回北京找工作的事情。

随你，婉丝告诉他，语气平和，仿佛充满了理解和同情，他毫无疑心地挂了电话。她慢腾腾地干活，衣服堆了满床，一件件叠好，塞进行李箱，一只箱子不够用，只好停下来，得再买些纸盒。

她又拿出那张照片看着，阳光射进透明的水中，人像游进一块钻石里，恒久的、坚硬的、时间的钻石。婉丝有点明白凌青为什么着迷，她肯定有过神奇的体验，在某一刻忘掉了生死，才会一遍遍地跳入水中，把别人都留在岸上。

最后，她把照片仔细地收好，动手整理房间，杨浩回来的时候，就会看见这里空空荡荡、干净整洁。怀着近乎报复的心情，她把每个角落的灰尘都擦抹干净，在卫生间的浴室柜下面，手伸进去的时候，带出来一根金项链。上次明明都找过的。她把这细链子捧在手里，冲洗干净，看着它，好像羁绊又回来了似的。她决定把它摆在一进门就能看到的显眼位置，和求婚的戒指放在一处，表示她心意已决。

再坚硬的决心到了晚间，尤其是冷清的、一个人的傍晚，也有坍塌的趋势。她打开电视，让各种声音填满空间，所有的灯都亮着，不确定感引起的烦躁让她坐立不宁，直到她决心打最后一个电话，说清楚，逼他把话说清楚。

他不接，不接，还是不接，她盯着手机，最后按下关机键。在一片明亮和吵闹中，她歪在沙发上睡着了，睡得比在床上还要沉，连有人进门都听不到。他走过来，带着一身寒气，还有淡淡的灰尘味道，轻轻叫醒她："婉丝，婉丝，醒醒，你这样睡不怕脖子疼吗？"

她睁开眼，看见杨浩的脸，他又恢复了平常的样子，她熟悉的那个人，不再是沉默和阴霾。见她醒了，他就脱掉外衣和鞋子，说："家里怎么这么干净？哈雷呢？"

"凌青的父母带走了。"她说。

他看见了项链和戒指，也看见了婉丝的箱子，问："你要去哪儿？"

婉丝一时语塞，她确实无处可去。

不行，她想，他不能这样假装什么事也没发生，就这样回来。她开始质问，起初他还在回答，后来他完全回答不了，因为婉丝的问题如此尖锐刁钻，有的在他看来，完全不是问题，他万万没想到，她竟会纠结在这些事上。他愣愣地听着她说，越说越委屈，这些全是他没想到的。

她说她的孤独和愧疚，一度把凌青的死算在自己头上，而杨浩对此竟然漠不关心，他一走了之，辞了职，说要静静，要梳理心情，就把她丢在北京不再理会。他越听越惊讶，最后他说："婉丝，你这全是自寻烦恼。"

"你是为了让你妈高兴，才找我结婚的，对吧？"她不依不饶。

杨浩长叹一声，说："原来，你既看不起自己，也看不起我。"他把丢在沙发上的外衣拿起来，挂在大门旁边的衣钩上，"我说我想静静，想处理一些自己的事情，那就是字面上的意思，我不会话里有话，也不会声东击西。我让你等我，给我一点时间和耐心，我以为你都听懂了，结果呢，真是白白相识了这一场。”

“公司里有人举报凌青商业贿赂，”他说，“我不想多说，是因为牵涉你的朋友。当时你的情绪那么坏，我不想说凌青的坏话，但是她做的事情确实不合规，被人抓住把柄，再晚一点，可能会被限制出境，被移交司法。现在她死了，很多事情不了了之，如果她没出意外，现在也是麻烦缠身。婉丝，我只想好好地过日子，赚我配得上的那份钱。你说得对，我不能就这样靠着一点关系吃饭，荒废自己，还惹上这些麻烦。我以为你懂我的难处，结果你是这样胡思乱想的。”

“她是为了当我的伴娘，才……”杨浩打断了她。“不是，”他的语气很坚决，“不是这样，我认为她是有了预感，在逃避法律的调查。”隔了片刻，他说：“这样想，你会好受些。人死不能复生。”

婉丝看着他，几乎是呆呆的，她没想到这些日子以来，一直压着她的沉重阴影、碧蓝海面之下的阴险礁石，在杨浩眼中，不过是一场无意义的庸人自扰。他制止她继续折磨自己，告诉她，凌青几乎算得上畏罪潜逃。如果她不相信，那就是跟自己和未来的幸福过不去。他是对的，婉丝想，他了解得更多，知道更多内幕，很可能他是对的。

气氛一下子变得轻松，婉丝决定不再深究。这样的话，他们可以继续在一起生活，结婚、度蜜月、生孩子，平安喜乐，顺理成章。这一年，她好像经历了半辈子那么多，而今一切都可以重归宁静。晚上，凌妈妈发来一张哈雷的照片，它卧在一张宽敞的藤椅上，好像生来就该在那儿似的，一点没有初到陌生环境的瑟缩胆怯。万物理应各得其所。

他们说好，明年挑个好日子，把婚礼补上，婉丝的婚假用光了，蜜月只能赶在公共假期。杨浩很快找到一份新的工作，新房子也腾了出来，准备在春天动工装修。他希望婉丝尽快回归正常的心境，不再受凌青意外的影响，他要她心安理得地过日子，停止自责和内疚。表面上，她做到了，她配合着杨浩，共同实现着最普通的幸福。她上班、下班，时常忙碌起来，饭也顾不上吃，回家很晚。现在，换成杨浩在家里等她，点一盏灯，有一杯热茶，实在不能要求更多。

与此同时，她加班越来越多，回家越来越晚。

有一天，李子墨突然打来电话，她接起来，语气冷漠，对方说有两件衣服落在凌青家里，可不可以去拿。婉丝说那房子早卖了，遗物都处理掉了，他"哦"了一声，又问："那，能不能见面聊聊?"

婉丝答应了，约好时间地点，又后悔：跟这种人有什么话好说?既然约好，也就按时到达，李子墨已经坐在里面，看见她，挥了挥手。

"我准备结婚了。"这是他的第一句话。婉丝冷笑："恐怕我没空捧场。"

"所以，以后咱们也没机会见面了，"他说得很明白，"有些话我想问问你。"

婉丝请他只管开口。

他问的是凌青最后的情形，她一发现李子墨出轨，就把他赶出家门，连微信都拉黑，他不知道她什么时候出国，什么时候出的意外，救援的情况、后事的安排，他一点都不了解，他很想知道一些。

婉丝只说，她死不见尸，别的一问三不知。

"我听说，她当时有些麻烦，"李子墨说，"你知道些什么吗?"

"她为了给我当伴娘，才改了机票。"婉丝说，"别的我不知道。"

接着，她又嘲讽道：“再说，你可以去问李芸呀，助理知道得更多。”

李子墨的脸涨红了，说：“这事不怪李芸，全是我的错。”

“还挺有担当。”婉丝说。

“她不想结婚，不要生孩子，这不正常，”李子墨说，声音高了些，咖啡店里的服务员都朝这边看，“我大哥都有两个孩子了，我爸妈怎么可能不替我着急？这是人之常情，对吧？”

“出轨不是人之常情。”

“我承认，那全是我的错。”

“好吧，”婉丝说，抬手请服务员来结账，“这顿我请。”她拿起皮包，忽然想起了什么，杨浩曾经提到过，却一直没有明说的，盘旋在她心底的疑问：“是谁举报凌青的？是李芸吗？”

李子墨说：“不是她，她也觉得蹊跷。举报者另有其人，我想应该是凌青身边最信任的人。”他又说：“如果这事是她干的，那我也不可能继续跟她在一起。”婉丝拿出手机结了账，没跟他道别，就径直离开了。她沿着街信步而去，顾不得辨别方向，过了很久，忽然看见一个地铁站，就走进去。自地底吹来一阵寒风，漫长的自动扶梯驮着她，逆风而下，下面并没有英俊的杰克朝露丝伸出手，绮丽的梦，轻轻地一戳就破。

杨浩真的很好，她想，他包容她的家庭，不在乎她穷，买房结婚，她一点积蓄都拿不出来；她比他大，也不是很漂亮，按照世俗的标准，他明明可以找到更好的，就连推迟婚礼，她妈妈的第一反应都是：人家不要你了？

杨妈妈喜欢她，从来没有一个女性长辈，让她觉得那么亲近、那么好。

在地铁上，她拿出手机，翻出学英语的在线课程，一个一个地念单词。她戴着耳机，没意识到自己其实声音很大，大到周围的人都在皱眉头，觉得这个人毫无素质。

他知道那条狗是她杀的，猜也猜得到。塌陷的沙发，他说他睡得很不舒服，稍微有动静就惊醒了。他接纳她、理解她，甚至纵容她，被未来的岳父设局下套，他都能忍，为了婉丝，他不多问，也从不提起。凭什么黄婉丝有权利去质问一切，而杨浩必须得事事交代呢？

人总得有点瑕疵和阴影，她告诉自己，这样才像过日子，才显得真实可信。从某种意义上说，他们正好扯平了。

耳机里传来标准的英音，单词、长句、段落，一字一句，放慢了速度，清楚明白，听惯了这些，人会产生“哇，其实我英语挺好”的错觉，真到需要交际的场景，又是一阵发蒙。婉丝就是这样，真实的对话总让她反应不过来，最好她只听情诗，只听正确的、标准的、好听的话，不要做判断，不要选择，只给她一条路，允许她闭着眼睛走到底，永远也别让她提问或者回答。

16

这是一年以后了。杨浩和婉丝补办了婚礼，在她选定的场地。天冷，她在白色婚纱外面披了一件皮毛披肩，婉细是她的伴娘，一直帮她把披肩往上扶，防止它从裸露的肩头滑落。这天气不适合户外婚礼，草都发黄了，本来想安排在十一假期，婚庆公司告诉她，假期里的好日子都排满了，你们得往后延，挑来挑去，定在十一月的一个周末。

婉细周五没课，周四晚上连夜坐火车赶到北京，婉丝的父母提前一周就到了，杨浩安排他们住在附近的酒店。

婉细在读一所她们老家省内的大学，学校不错，如愿以偿地跟她的男朋友在一起，两个人不同系，第一学期就分手了。婉丝问她后悔吗，她说不后悔，听起来真心实意的，还嚼着口香糖，婉丝准备好一肚子的道理，就一句也讲不出了。

一大早化妆师就来了，他们春天装修的房子，八月份搬进来住，很宽敞的两居室，小区有点老旧，胜在购物交通都方便，楼层不高，卧室窗外对着一棵杨树，这时节叶子快掉光了。

婉丝看着镜中的自己，随化妆师的工作，一点点地淹没在各种颜料和香粉的后头。婉细自己化妆，手法熟练，她穿的那套伴娘裙子是婉丝帮她挑的，粉色，腰后束着巨大的蝴蝶结，她看见时笑着说："姐，你当我三岁啊。"

婉丝觉得，十几岁的代沟真是没法弥合，她连姐姐都嫌没法沟通，不知道跟父母又如何相处呢？婉丝没跟她讨论过这个问题，事实上姐妹俩在任何话题上都谈不拢。那又有什么关系呢？她们依然是至亲。

最后，她披上那件看起来很华贵的毛茸茸的披肩，乘着电梯下楼，问婉细冷不冷，婉细说一点也不冷，尽责地帮她拉着裙子，防止长长的拖尾被电梯门夹到。摄像师一路跟着，笑脸和喧闹一路包围着她，直到上了花车，车门一关，才清静下来。大裙子把杨浩挤得快没地方坐了，他说："你真漂亮。"婉丝不敢乱动，怕弄花了妆。

整个流程都是设计好的，两个人只需要听话并配合，一个多小时很快就过去了。仪式结束之后，大家转去室内的餐厅吃酒。婉丝去换衣服，对婉细说："你先出去，跟爸说，让他别喝多了。"

婉细应声出去，屋里只剩下夫妻二人，婉丝说："我刚才看见李芸了，是你请的？"

"是啊，她一个人来的。"

婉丝没说什么，杨浩说："她跟李子墨结婚，没办婚礼，就请朋友吃饭，我也去了。"

"你还挺周到的。"婉丝说，"你说，是不是她举报凌青的？"

"不知道。"杨浩调整着领带和胸花，他不适合太正式的打扮，婉丝还是喜欢他平常的样子，显得年轻。

"一点线索都没有？"她小声地问。

"我都离职这么久了，懒得打听这些事。上次吃饭，听李芸说，内部变动很多，海南的项目叫停了。"

婉丝不再多问，她也觉得，大喜的日子，不适合提起这个话题。春节的时候给凌青父母打电话，他们还说，结婚一定要请他们，结果也没请，怕他们见了喜庆的场合，更伤心。

德炳表现很好，没有多喝酒，没有吹牛皮、乱说话，下午散了场，还约着杨浩的父亲一起下了几盘象棋。眼下，她对父母也宽容了，他们老了，有些往事就随风去吧，认起真来，难受的还是自己。她不会再问：我奶奶到底得了什么病去世？我上次回家的时候，人还好好的，只有腿脚不好，她没有别的病……

也许，就像德炳所说，衰老便是绝症，追问于事无补，不如沉默。她曾想，在当年的家庭氛围中，自己是不是袖手旁观，也算作帮凶？现在，她不这么想了，不再为难自己。奶奶也罢，凌青也罢，她宁愿这么糊里糊涂地过下去。新婚之日，她望向镜中的自己，头一次觉得自己不再年轻。

化妆师进来帮她重新梳头，换成搭配敬酒服的中式发髻，她打算办完婚礼就去剪个清爽的短发。人也奇怪，明明一生都该铭记的隆重日子里，也充满了这些零碎的日常小思绪，化解掉所有的庄重和煽情。刚才在台上，主持人发表抒情演讲的时候，她只关注自己的高跟鞋太窄，脚挤得痛死了。

一天熬过去。晚上，两个人躺在床上，感觉累成了两条咸鱼。明天一早的飞机，他们要飞去帕劳。婉丝坚持要去这里，杨浩觉得这地方不适合他们俩去度蜜月，始终拗不过她。最后，他们订下一间宽敞的套房，阳台正对大海。

前几个月，婉丝在北京学潜水，拿到OW证书。这次她来，要去看看凌青出事的那片海。杨浩有点感冒，她跟着向导下水的那天，他一个人留在酒店。那天天气极好，风平浪静，她胆子还小，一直紧跟着向导。其实水底的情形并不复杂，她想不明白为什么凌青这样的高手会折在这种热闹的旅游景点。小鱼从眼前成群地游过，世界非常安静。

她想起凌青寄给她的照片，这年头谁还会把照片洗出来，郑重其事地寄给别人呢？这个举动似乎有种标志性的意味，是宣告，也是预言，她一时兴起写下的话，成了她的谶语，也许这就是宿命。婉丝向前游着，绕过一片珊瑚礁。她的向导刚刚离她只有几米远，忽然她就找不见他了，孤身漂到空荡荡的水中，小鱼、珊瑚、蓝玻璃似的海洋，耳边只听见自己的呼吸声，像上帝那样俯视着。她终于理解了凌青的感受，看到凌青眼中最后的世界是什么模样，仿佛这样就算正式告别，可以心安理得地过回自己的生活。杨浩还在酒店等着她，此刻他坐在阳台上，在婆娑的树影里，百无聊赖地点起一根烟，海风吹过脚底，畅然适意。婉丝转过身来，看见了向导，他正冲她打手势，指指腕上的手表，示意上浮。时间到了，她要回到水面，回到船板上、阳光下，然后疾驰回到岸边，这是她第一次潜入大海，也可能是此生的最后一次。当她走回酒店的时候，心中沸腾的疑问渐渐平息，最后只剩下一片默然。她全力思考着要去哪家餐厅吃晚饭，与她此生最爱也最信任的男人同往。